가난뱅이의 역습

BINBONIN NO GYAKUSHU!

by MATSUMOTO Hajime

Copyright © 2008, MATSUMOTO Hajime

All rights reserved.

Originally published in Japan by CHIKUMASHOBO LTD., Tokyo.

Korean translation rights arranged with CHIKUMASHOBO LTD., Japan

through THE SAKAI AGENCY and B&B AGENCY.

# 가난뱅이의 역습

초판 1쇄 발행  2009년 4월  6일
초판 2쇄 발행  2009년 4월 15일

지은이 ㅣ 마쓰모토 하지메
옮긴이 ㅣ 김경원
삽화가 ㅣ 최규석
펴낸이 ㅣ 여승구
펴낸곳 ㅣ 지형
편집장 ㅣ 박숙희
디자인 ㅣ 김준영
마케팅 ㅣ 지경진

주소 ㅣ 서울시 마포구 합정동 385-1  2F (121-885)
전화 ㅣ 02-333-3953
전송 ㅣ 02-333-3954
이메일 ㅣ irupub@hanmail.net
출판등록 ㅣ 2003년 3월 4일 제13-811호

ISBN 978-89-93111-15-6 (03830)

이루는 도서출판 지형의 자회사입니다.

# 가난뱅이의 역습

마쓰모토 하지메 지음 • 김경원 옮김 • 최규석 삽화

이루

# 목차

## <u>제2장</u> 거리를 휩쓰는 무적의 대작전

## 제3장 반란을 일으키자

**일러두기**

- 이 책은 筑摩書房의 貧乏人の逆襲!-タダで生きる方法(2008)를 번역한 것이다.
- 엔(¥)은 원(₩)으로 환산하지 않고 그대로 두었다(참고: 2009년 3월 31일 현재 원/엔 환율은 약 1459원/100엔).
- 표지와 본문 일러스트에는 『습지생태보고서』의 최군, 재호, 정군, 몽찬, 그리고 녹용이가 찬조 출연하였다.

미안, 쫌 심했나? 큭, '공짜로 살아가는 기술'이라고라? 말이 그렇지, 흠 그리 만만하진 않단 말이야…. 하지만 그보다 훨씬 끝내주는 작전을 알려줄 테니까 안심하라구!

도대체 어찌 된 일인지 모르겠지만 참 재미없는 세상이 되어버렸어! 이렇게 살아라, 저렇게 살아라, 그러면 안 돼, 저 사람처럼 살아라…. 아이고, 시끄러!

요즘 '격차 사회'란 말이 유행하면서 모두들 '더 나은 생활'이라는 압박에 시달리는데 말이지, 이거이거 정신 나간 세파에 꼭 뛰어들어야 하겠어? 그렇게는 못하겠단 말씀이야! 누굴 바보로 아나! 대충대충 월급쟁이가 되어 30년 대출상환으로 집을 사면 도망도 못 가고 이러지도 저러지도 못하잖아. 빠릿빠릿하지 못한 남자하고 결혼해서 따분한 가정주부로 살면서 스트레스가 쌓이니까 아이 목을 졸라 죽인 여자도 나타나고 말이야. 회사에 충성을 바쳐 아르바이트직에서 정규직으로 착착 승진해서 출세하려고 했는데, 사실은 혹사만 당하고 찬밥 신세가 되니까 우울증에 걸려 죽어버리잖아. 아니, 이런 김밥 옆구리 터지는 얘기가 어디 있어?

어이, 이렇게 될 바에야 다시 처음으로 돌아가서 멋대로 살아갈 수밖에 없지 않아? 지금 실업자 지원이나 프리터 대책 같은 걸 봐도 결국 '제대로 된 인생을 살아라' 하는 얘기밖에 안 돼.

근데 요즘 같은 세상에 '제대로'라는 게 뭐지? 말도 안 되는 저임금에 일만 죽도록 하다가 피로 좀 풀려고 거리에 나가면 이거 사라, 저거 사라, 귀가 따갑다구. 신상품이 발에 채여 괜히 사고 싶은 마음만 들잖아. 월급이 쬐끔 많은 놈이라도 어쩌다 보면 돼먹지 못한 비싼 전자레인지 같은 걸 사는 데 보너스도 다 써버리고 무일푼이 된다구. 그런 꼴 당하기 싫어서 어디 가서 좀 쉬려고 둘러보면, 공원 벤치엔 요상한 팔걸이를 만들어서 낮잠도 잘 수 없고, 기차역 대합실이었던 자리에는 어느새 스타벅스가 들어앉아 있으니…. 쳇, 재수 없어…. 돈이 떨어져서 할 수 없이 집에 들어가잖아? 텔레비전을 켜보라구. 사채 광고가 왕왕 돈 빌려준다고 난리를 떤다구. 예쁜 아가씨가 돈 빌려주는 줄 알고 입을 헤벌리고 돈 빌리러 가보라구. 사람은 코빼기도 안 뵈고 기계만 떡하니 버티고 있다구. 그 다음엔? 필요 이상으로 험상궂은 아저씨들이 빚 받으러 찾아오신다구…. (이쿠! 그런 얘기까지 할 건 없잖아!) 여하튼 돈은 안 빌리더라도 말이지, 매일 죽어라 일해서 PDP 사고, 세탁건조기 사고, 돈 모아서 도요타 자동차 사고(물론 대출 받아서!), 불경기로 찌부러진 치바나 사이다마 근처 땅에 30년 상환 조건으로 내 집 사고, 마지막으로 퇴직금을 탈탈 털어서 자기가 들어갈 무덤을 산단 말이지…. 결국 죽을 때 가져갈 땡전 한 푼 없이 써버리는 것, 그게 바로 제대로 된 '격차 사회'고 '더 나은 생활'이란 말이야….

… 흥, 이거 뭐야! 시시해, 답답해!!

말하자면… 정사원으로 일하면서 결혼하고 아이 키우고 집도 사고 해서 이제는 '우등반'*에 들어갔다고 생각하는 자네! 우쭐거릴 일이 아

★ 우등반: 일본어로는 '가치구미', 즉 승자들의 집단을 말한다. 상대어는 '마케구미', 즉 패자들의 집단으로 '격차 사회'의 양극화를 나타내는 유행어.

닐세! 안된 얘기지만, 자네도 이미 각 잡힌 가난뱅이란 말씀이야. 진짜 '우등반'이란 말이지, 잠깐 일을 쉬거나 몇 년쯤 아무것도 안 해도 저절로 돈이 굴러 들어오는 시스템을 만들어놓은 놈들이라구. 이런 놈들은 무지무지 노력하고 무지무지 재수가 좋아야 해. 그리고 남을 벼랑에서 밀어 떨어뜨릴 용기가 있어야 한단 말이야. 그러니까 보통 사람한테는 무리지. 게다가 아무것도 안 하는데 돈이 들어온다는 말은 누군가 대신 일을 하고 있다는 말이니까, 시대를 잘 타고났기에 망정이지 옛날 같으면 가난뱅이들이 멍석말이를 해서 먼지 나도록 흠씬 두들겨 패주었을 것이라는 말씀.

그런데 우리가 손가락 까딱 안 하고 빈둥빈둥 놀면 어떻게 되지? 백발백중 눈 감짝할 새 돈이 떨어져서 찍소리도 못하게 될 거란 말이야. 페달을 밟지 않으면 쓰러져버리는 자전거 같은 우리 인생은 자타 공인 가난뱅이란 말씀. 아니 현재 일본 사회의 90퍼센트 이상은 가난뱅이 계급이라고 해도 과언이 아닐걸! 모범수냐 문제아냐 그런 차이는 있겠지만, 결국은 강제노동 수용소에 갇혀 있다는 사실에는 변함이 없는 거야. 흐음, 이거 그렇다면 탈출해야 하는 거 아냐?

이기는 사람도 없는 경쟁사회에 휘둘리기는 죽기보다 싫으니 말이야!

그런데 마음대로 살 거라고 선언이라도 해보라지. 좀 더 노력해보라

는 둥, 세상을 위해서 일하라는 둥 설교하려는 놈들이 나타나기 마련이라구. '사회를 위해 고생이 되더라도 노력한다→세상이 나아진다→떡고물을 얻어먹는다'는 건 부자들이 듣기 좋으라고 내뱉는 말이지. 이렇게 하면 우수한 노예가 될 뿐이야…. 거짓부렁! 뻥이야! 그만두는 게 좋다구. 고생은 고생대로 다 하고 나중에는 새 발의 피 같은 돈 부스러기나 얻어 쓸 수 있을 뿐이니까.

그에 비해 '하고 싶은 일을 한다→좀 곤란한 일에 부딪힌다→몸부림친다→어떻게든 된다(무슨 수든 쓴다)'는 생각을 해봐. 이게 세상을 살아가는 일반적인 방식 아냐? 이거야말로 얼마나 인간답고 즐거우냔 말이야.

조오타. 이렇게 된 바에야 멋대로 살아볼까! 야호! 시시한 놈들이 지껄이는 말은 듣지 말고 씩씩하게 살아보자. 우리 가난뱅이가 이 세상을 한바탕 걸지게 뒤집어보자! 좋아 좋아! 정했어! 축제란 말이다! 시끌벅적 한판이닷!

근데 잠깐만 기다려! 당신들, 덤비지 말구 내 말 좀 들어봐!!

세상은 의외로 빡빡하다구. 기죽지 않고 살아가겠다고 대책 없이 회사를 그만두고 근처 공원에서 매일 낮잠이나 자보라지! 그런 과격한 행동을 개시하면 먼저 근처 골목대장들이 알아보고 "저 사람, 회사도 안가나 봐!" 하고 밀고를 해서 동네에 금방 소문이 쫘악 퍼져.

더구나 갑자기 아무 일도 안 하고 낮잠만 자고 있으면 조만간 돈이 떨어질 게 뻔하잖아. 학생이라면 학교에서 쫓겨날 테고, 방세가 밀리면 집주인한테 방 빼라는 소리를 듣겠지. 배가 고파 빵을 훔치다가 걸리거나, 공갈 좀 해보려다 실패해서 중학생한테 린치를 당할 수도 있어. 이웃의 판잣집에 가서 사기 반 공갈 반으로 "댁에 흰개미가 득실거려서 집이 무너질지도 몰라요! 200만 엔만 들이시면 제가 고쳐드릴게요" 하고 말했다가 거짓말이 들통 나면 노친네한테 멱살을 잡힐 수도 있어(옛날 노친네들은 의외로 힘이 세거든). 할 수 없이 벤치에서 풀이 죽어 자다가 굶어죽을 수도 있지. 그러니까 멋대로 산다는 게 그리 녹록지 않다, 이거야.

그럼 어떻게 하라구?!

첫째 돈을 물 쓰듯이 쓰지 않고 살아갈 수 있다면, 인간의 본연적인 여유가 생기기 마련이야. 그럼 어떻게 하느냐. 고고한 척하며 가난을 자랑거리로 내세워봤자 궁색하기 짝이 없거든. 그것보단 여차해서 큰 일이 나도 잘 넘길 수 있는 생활 기술을 익혀두자는 말이지. 또 거리 전체, 지역 전체가 들썩거릴 정도로 밝고 씩씩하게 살아간다면 서로 도울 수도 있고 훨씬 살기가 편해지지 않을까? 게다가 자기 힘으로 일도 하고 놀이도 해나간다면 스트레스도 낭비도 훨씬 줄어들 거야. 그렇게 못 살게 하는 방해물이 나타나면 꼼짝 못 하게 물리치는 기술도 습득해두면 범에 날개를 다는 격이지.

야! 야! 야! 매일 얼근하게 취해서 노세노세 하는 베트남 식당 주인을 보라구! 오후에 일을 마치고 거리를 배회하면서 춘화를 보여주겠다고 하면 벌떼처럼 모여들던 에도시대 상인들은 어떻구! 밝고 씩씩하게 살아도 세상은 돌아가기 마련이야! 위대한 조상들의 뒤를 잇자구!

이 책은 격차 사회의 승자 반인 '우등반'을 향하느라 평생 시시껄렁한 일을 해야 하는 노예가 되는 기술이 아니라, 하고 싶은 일을 마음껏 하면서 공짜로 살아갈 수 있는 기술을 몸에 익히는 데 도움을 줄 거야. 다시 말하면 이 책은 우리 가난뱅이 계급의 서바이벌 기술 실용서인 셈이지! 자, 어때? 침 넘어가지 않아?

축제를 벌이자! 시끌벅적 한마당이닷!

# 제1장

# 여차할 때 써봄직한
## 가난뱅이 생활 기술

자, 미적댈 것 없이 우선 돈을 벌지 않고도 살아갈 수 있는 기술을 연구해보자. 실은 이런 주제에 관심을 갖고 둘러보면 '가난뱅이 생활 매뉴얼' 같은 책은 생각 외로 많이 돌아다닌다. 하지만 단지 가난한 생활을 자랑거리로 삼는다고 뭐가 된단 말이야! 어디까지 가난을 참을 수 있느냐 하는 멍청한 논쟁을 하고 있어 보라지. 저기 개도국에 사는 사람들이 '우리야말로 가난하단 말이야!' 하고 화를 낼지도 모르고, 잔소리쟁이 아저씨가 다가와서는 "내가 소싯적엔 말이지 흰쌀밥 먹기가 하늘의 별 따기였단 말이야" 하고 2시간 정도 설교를 늘어놓을 수도 있어. 그런 얘기는 의미 없단 말이야. 그런 식으로 가난뱅이끼리 서로 싸워봤자 아무것도 안 된다, 이 말씀이야. 여기서 우리가 습득해야 하는 건 우수한 노예가 되기 위한 가난뱅이 생활 기술이 아니라 하고 싶은 일을 하면서 살아가는 데 무기가 되는 기술! 이 점을 분명히 하자구. 그럼 이제부터 연구! 연구!

# 집을 싸게 얻는 법

가난뱅이 제군, 밝고 씩씩하게 살아가고자 하는 우리들 앞에 떡 버티고 있는 가장 커다란 적은 '방세'다. 참 비싸기도 하다. 도쿄의 원룸 아파트에 살려고 하면 한 달에 6~7만 엔 정도 든다. 이 돈을 시급 800엔으로 환산해보면 약 80시간! 짐을 두고 잠만 자는 공간을 위해 열흘이나 일을 해야 한다는 결론이다! 뭐야 이게, 말이 되나? 빌어먹을! 날 살려라! 싼 집 얻는 법을 연구해야 새우잠이라도 잘 수 있어.

## 헐한 아파트 연구

### 싸구려 집을 찾는 최대의 요령

원칙대로 하면서 집을 싸게 얻으려면 역시 오래된 아파트를 찾아야 한다. 그럼 어디 찾아볼까!

처음 찾아가야 하는 곳이 부동산이다. 무엇보다 무조건 여러 군데를 찾아다닐 것을 권한다. 지금은 부동산도 인터넷으로 전부 연결되어 있어서 어느 부동산을 가도 같은 물건을 소개 받는 경우가 있지만 그렇다고 포기해서는 안 된다. 부동산이라면 대개 아직 공개하지 않은 정보쯤은 갖고 있으니까 끈질기게 돌아다니다 보면 좋은 물건을 만날 수 있다. 단, 주의할 점은 부동산 업자들은 중개료를 받아 살아가기 때문에 될수록 비싼 물건을 소개하려고 한다는 점이다. 그런 사정으로 "이 동네는 6만 엔 아래는 아예 찾아볼 수가 없다우! 4장 반(≒2.25평)짜리 방★

---

★ 일본 가옥에서 바닥을 덮는 데 쓰는 사각형 돗자리를 다다미(疊)라고 하는데, 다다미 수는 방의 크기를 나타내곤 한다(예: 2장짜리 방, 6장짜리 방 등). 다다미 1개의 크기는 대개 너비 90센티미터, 길이 180센티미터로 약 0.5평(1.65제곱미터)이다.

---

같은 건 옛날 얘기라니까…" 이런 식으로 태연하게 거짓말을 한다. 이 말에 속으면 안 된다. 꿈도 꾸지 못할 굉장한 물건이 숨어 있을지 모른다. 우선 시간이 되는 대로 부동산의 안내를 받아 이집 저집 여러 곳을 돌아보고 나서 두 번째 돌아볼 즈음에 "하아, 뭐 좀 없을까요?" 하고 정에 호소하면 부동산도 조금은 인정이 발동해서 "글쎄요, 소개해드리기가 뭣하지만 실은…" 하고 비장의 카드를 꺼내서 들추어 보거나 "그만한 조건이라면 무리야, 무리…. 식당 집 2층 같은 곳이라면 몰라도…" 하고 틈을 보일 수 있다. 그때 "그런 거라도 좋아요" 하고 끈덕지게 달라붙으면 "에? 정 그렇다면 이런 물건도 있긴 한데…" 하고 여러 가지를 꺼내놓는다.

또 의외로 뒷골목에서 노인네가 혼자 하는 부동산도 싸구려 물건을 갖고 있으니 그냥 지나쳐서는 안 된다. 돈에만 눈이 벌건 대형 부동산은 집주인에게 "이 정도 방이면 방세를 더 올릴 수 있어요!" 하고 괜한 바람을 불어넣기도 하지만, 그렇게까지 돈 욕심이 없는 부동산과 사람 좋은 할머니가 집주인인 이상적인 콤비를 만나면 방세를 올리지 않고도 오래 살 수 있는 집을 얻을 수 있다. 여러 군데 다녀보면서 인터넷에는 떠돌지 않는 최고로 싼 집, 좀 허술한 집을 얼마나 잘 찾아내느냐에 따라 승부가 판가름 난다.

### 방세 공짜 - 방 세 개 부엌 하나에 3만 엔!!

실제로 집을 보러 다니면 물건이 꽤 있는 편이다. 싸구려 물건을 구체적으로 꼽아보면, 고엔지(高円寺)*에 1만 6,000엔짜리, 도시마(豊島)

★ 고엔지: 저자가 거주하면서 활동하고 있는 도쿄의 변두리 동네.

구의 조시가야(雑ヶ谷)에 1만 3,000엔짜리가 있었다(둘 다 다다미 3장≒ 1.5평). 가쓰시카(葛飾) 구에는 '모요리(最寄り) 역: 버스 정류장에서 도보 20분'이라는 악조건이지만 주차장이 붙어 있는 방 세 개 부엌 하나에 3만 엔! 이런 파격적인 물건도 있었다. 다만 이쯤 되면 일가족 참살 같은 복잡한 사정이 있는 물건일 수도 있으니 부동산 업자한테 꼬치꼬치 캐물어 잘 알아본 다음 들어가기를 바란다.

조금 교외로 나가면 구니타치(国立) 시 같은 곳에선 '방세 공짜'라고 내건 물건도 있는데, 다만 일요일에는 예배를 드리러 교회에 오라는 것이 조건이다. 이 말인즉슨, 토요일 밤늦게까지 술을 마시고 아침에 돌아오거나 하면 눈치를 받을 수도 있다는 암시이기 때문에 음주가무를 즐기는 사람이라면 다소 불편을 감수해야 할지도 모른다.

젊은 사람 수가 줄어들고 있는 지방에서는 시(市)가 독신 아파트에 보조금을 지급해주는 경우도 있다. 홋카이도의 어느 시골 마을에 6장(≒3평)짜리 방 한 칸에 2,000엔이라는 데가 있다고 해서 보러 갔는데 도쿄에도 있을 법한 나무 창틀을 달아놓은 허름한 아파트였다! 이 방은 겨울에 영하 십 몇 도까지 내려갈 정도로 바람구멍이 숭숭 뚫려 있기 때문에 난방을 끄고 외출이라도 하고 오면 집안 전부가 꽁꽁 얼어붙었다고 한다. 대체 이런 데서 어떻게 사람이 살았느뇨?!

## 세로로 3장짜리, 대여 창고 같은 방

아파트를 찾아다니다 보면 아주 싼 곳 말고도 꽤 어이없는 물건을 만나는 경우도 있다. 3장(≒1.5평)짜리 방이었는데 그게 다다미 3장을 세로로 이어 붙인 것 같은 방이어서 문을 열고 들어가면 저 멀리 창문이 보였다! 와하하, 웃음이 나왔다. 나도 모르게 부자가 된 것 같았지만, 속으면 안 되지! 너무 좁잖아! 가구를 어떻게 들여놓으란 말이냐, 내 참! 거기다 눈을 크게 뜨고 다른 방의 배치를 보니 그 방은 분명 옛날에 복도였던 공간이다. 흠, 이런 짓까지 하는 집주인이라면 상당히 단작스런 노랑이 할망구일 가능성이 높으니까 조심해야지.

이케부쿠로(池袋) 역에서 도보로 3분 걸리는데 8,000엔밖에 안 하는 물건을 본 적이 있다. 하지만 이야기를 들어보니 '지하실 & 2장짜리 방 & 창문 없음 & 공동 화장실'이라고 한다. 속으로는 '이거 방이라기보다 대여 창고 같잖아!' 하고 투덜거리면서도 깨끗이 단념을 못 하고 있던 차, 옷장이 붙어 있는 걸 보니 사람 사는 방이 맞는 것 같았다. 이봐, 이렇게 으스스한 곳에 무서워서 어떻게 들어가 살란 말이야?! 이런 감방 같은 곳에 방을 만들었다는 자체가 소름 끼쳤다! 요전에는 신주쿠 부동산 앞에 매물 일람표가 붙어 있었는데, 글쎄 화장실 항목에 '근처 공원을 이용 바람'이라고 써놓은 것도 있었다!! 이 정도면 두 손 다 들었다!!

## 결사적인 방세 깎기 교섭 작전

자, 어떤 방으로 할지 결정했다면 이번에는 돈이 문제다. 이것도 집주인이나 부동산이 말하는 대로 고분고분 따를 게 아니라 깎으려고 시도해보자. 우선 보증금은 나중에 돌려받는 돈이므로 비싸게 정했을 때는 조금 내려주기도 한다. 지역마다 사정이 다르긴 하지만, 도쿄를 중심으로 집주인에게 '사례하기'라는 요상한 관습이 있다. 집을 빌리기 위해 '사례금'을 지불하는 것이다. 더구나 어쩐 일인지 금액마저 정해져 있다. 이건 법적 근거가 없고 원래는 지불할 필요가 없지만, 돈을 안주면 계약을 안 해주기 때문에 사실상 제도처럼 굳어져 있다. 아무리 생각해도 귀신 씻나락 까먹는 소리 같다. 생각해보라, 인터넷에 가입하면 '3개월 무료'에 경품 정도는 상식이지 않은가. 방세라고 뭐가 다르냐는 말이다. 그런데도 현실은 정반대다. 납득이 안 간다. 자기들도 개운하지 않은지 뜻밖에 값을 깎아주는 경우가 많다. 요컨대 사례금은 본래 주지 않아도 될 돈이니 어떻게든 좀 깎아보자. 중개수수료는 부동산에 돌아가는 것인 만큼 값을 깎기 어렵지만, 뒷골목 할아버지 부동산 같은 데선 깎아주는 일도 가끔은 있으니까 일단 뻔뻔하더라도 교섭을 해보자!

교섭할 때의 요령을 한마디 거들어야겠다. "변기 수도꼭지가 꽉 안 잠기네요!"라든지 "공동 취사장에 있는 가스화로를 보니 성냥불로 켜야겠네요! 제가 그냥 넘어갈 줄 아셨어요?" 하면서 흠을 잡아 쫀쫀하게 따지는 방법이 있긴 하지만, 성과가 시답지 않으면 분위기만 험악해질 수 있기 때문에 긴 안목으로 보면 좋은 수가 아니다. 정도껏 해두는 게 좋다. 역시 물건의 현 상태를 먼저 점검하고 흥정해야 효과가 만점이다. 저쪽에서는 통상 하던 대로 리폼을 해주려고 들겠지만, "벽지가 깨끗해서 도배는 안 해도 되겠네요"라든지 "마룻바닥은 이대로 쓸게요"라는 조건을 내걸면 집주인이 꽤 기뻐한다.* 최근 고엔지에서 사무소

겸 점포 같은 건물을 빌렸는데 당초 10만 엔이라던 방세를 교섭할 때 전에 쓰고 있던 사람이 두고 간 사무소 용품을 전부 이쪽에서 처리해주겠다는 조건을 제시하니까 7만 엔까지 깎는 데 성공했다! 흐음, 효과 만점! 또 인정에 호소하는 작전도 꽤 통하는 편이다. 집주인과 만날 때 "아니!? 아저씨, 성함을 보니 ABC 출신 아니세요?! 우리 작은할아버지의 사촌 손자의 색시도 ABC인데요! 참, 세상이 좁기도 하지. 이런 우연이 다 있나!" 하고 엉너리를 치면서 사돈에 팔촌까지 갖다 붙여서 친근감을 표시하는 방법도 쓸 만하다(다만 설레발치다가 들키면 창피하니까 가능하면 거짓말은 안 하는 게 좋다). 이렇게 나오면 "아니 자네도 ABC 집안이구먼! 이거이거 참… 남도 아니고 하니 5,000엔 정도 깎아주겠네. 친척이라는데 뭐 어쩔 수 없지" 하고 순순히 값을 내려주는 일도 생긴다. 어쨌든 악덕 부동산이 방세로 장난을 치는 경우도 있기 때문에 집주인하고 인간관계를 잘 맺어놓는 것이 좋다.

### 방세가 내려간다? 지불 방법 작전

자, 이제 살기 시작했으면 이번에는 방세를 내야 한다. 방이 꽤 괜찮고 집주인도 좋은 사람인 데다 주머니에 돈이 있다면 방세를 제때 지불하는 것이 정상이다. 그러나! 헐하고 더러운 방인 데다 집주인이 욕심 많고 성정이 나쁜 놈이라 우리 가난뱅이의 돈을 빨아 먹으려는 놈인 경

우에는 얼마든지 저항할 권리가 있다. 오로지 방세가 한껏 밀려서 집주인이 불평을 늘어놓을 때만 조금씩 방세를 낸다든지(**체납 작전 1**), 방세를 냈다가 안 냈다가 도무지 종잡을 수 없게 만들어 적을 혼란시킨다든지(**체납 작전 2**), 방세가 밀린 주제에 갑자기 더블버튼 달린 양복을 쫙 빼입고 여송연을 꼬나물고 적을 방문해서는 "많이 힘드실 텐데 이번 달에는 밀린 방세를 드려야지요" 하는 식으로 마치 특별히 봐주듯이 거드름을 피우며 방세를 내지만 전체적으로 보면 밀려 있는 상태로 유지한다든지(**몰아서 주기 작전**), 매달 조금씩 지불 날짜를 늦춰서 결국 1년에 11개월만 방세를 낸다든지(**11개월 작전**) 등등, 교묘한 전술을 동원해서 싸워주기를 바란다. 그러다가 어느 날 갑작스레 "이보게, 곰곰이 생각해보니까 방세를 덜 냈더구만!" 하고 따지고 들면 순순히 "아, 그랬었나요?" 하고 모른 척 제대로 지불해주고 나서 처음부터 다시 작전을 개시하자(**무조건 항복 작전**).

부동산을 통하지 않고 집주인과 직접 교섭해서 방을 빌리는 방법도 있다. 갑자기 낯선 곳을 찾아가 방을 찾는 건 대단히 어렵겠지만, 자기가 일을 하거나 살고 있는 동네라면 비교적 가능한 얘기다. 지역의 인맥을 동원해서 집주인을 직접 찾아가거나 다음 장에 서술할 반상회 간부 등에게 "근처에 빈방 없을까요?" 하고 물어보면 직접 교섭할 기회가 생길지도 모른다. 이렇게 하면 값을 깎을 가능성도 생기고 중개수수료도 아낄 수 있다. 이 방법도 모색해보자!

이 밖에도 점포나 창고, 임대 사무실을 빌려서 방세를 저렴하게 내는 방법도 있겠지만, 일단 입주를 한 뒤에 계약 위반이니 뭐니 해서 골치 아픈 일도 생길 수 있기 때문에 이웃이나 집주인, 부동산 등을 샅샅이

뒤져보고 철저히 조사해서 실행에 옮기도록 하자.

# 초행동파! 자동차 작전

"자가용을 갖고 있으면 부자"라는 말은 본질을 무시한 짧은 생각이다. 자동차의 효용에 대해 무르게 생각하면 곤란하다. 어떻게 사용하느냐에 따라 집 없는 설움을 확실히 날려주기도 하니까. 그렇다! 자동차에서 사는 것도 도전해보기를 바란다.

먼저 실용성을 가장 중시하는 입장에서 경차를 손에 넣는다. 주차료가 들지만 경차용 주차장은 생각보다 값이 싸다. 도쿄만 해도 월 1만 엔대의 주차장을 찾아내는 일이 가능하다. 거기에 자동차 보험료와 세금까지 합해서 한 달에 약 수천 엔이 들어간다. 2년에 한 번씩 치르는 자동차검사 때도 자기가 운전해서 검사장까지 차를 몰고 가면 비용을 절감할 수 있다. 결국 매달 값싼 아파트에 사는 방세 정도만 들이면 자동차 거주가 가능하다. 자동차도 중고를 구입하면 10만 엔에서 20만 엔정도니까 아파트 입주비와 비슷하다. 이거 괜찮지 않아?!

게다가 이동수단을 갖고 있으므로 교통비가 싸게 먹힌다. 경차라면 시내로 끌고 나가도 리터당 10킬로미터 정도는 달려주니까 지하철이나 버스를 타는 것보다 훨씬 싸게 먹힌다.

다만 이런 기술은 기본적으로 몸이 가볍고 행동파에 속하는 사람한테 안성맞춤이다. 차에 짐을 잔뜩 싣고 다니면 불편하기 짝이 없고, 전원(電源)이 없으니까 텔레비전이나 인터넷을 연결해 쓰려면 기름이 들어가 비용이 더 든다. 그래도 몸뚱이 하나 달랑 가지고 홀가분하게 사는 사람이라면 즐거운 도전이 될 것 같다.

## 공동생활을 하자

4장 반(≒2.25평)짜리 가난뱅이 아파트라면 방세가 꽤 싸지만 목욕탕이나 세탁기 놓는 곳, 제대로 된 부엌이 달려 있으면 방세가 갑자기 치솟는다. 최근에는 공중목욕탕 요금도 올랐지만 목욕 정도는 하면서 살고 싶은 게 사실이다. 하지만 곰곰이 생각해보면 목욕탕은 하루에 30분에서 1시간밖에 사용하지 않으며 세탁기는 1주일에 1~2회 정도 돌린다. 거꾸로 말하면, 목욕탕은 하루에 23시간 정도 비어 있다는 것이고 세탁기는 거의 돌아가지 않고 있다는 말이다. 그런데도 일부러 비싼 돈을 들여 이런 것을 독점한다는 게 무슨 의미가 있는지 잘 모르겠다. 공유할 수 있다면 공유하는 쪽이 훨씬 이득이 아닐까.

그래서 기본적으로 공동 사용이라는 수법을 써볼 만하다. 예를 들어 도쿄에서 원룸 아파트를 빌리려면 6~7만 엔은 내야 한다. 하지만 방 하나, 부엌 하나짜리 방을 빌리려면 6~10만 엔 정도 든다. 방 둘, 부엌 하나라도 10만 엔 좀 넘는 수준에서 찾아볼 수 있다. 세탁기나 냉장고 등 공동으로 쓸 수 있는 물건을 사람 수로 나누어 사면 싸게 살 수 있고, 수도 요금과 전기 요금도 모두 나누어 내면 상당히 절약된다. 인터넷 사용 요금도 나누어 내면 값이 확 내려가고, 경우에 따라서는 식품이나 조미료도 공동으로 구입하면 낭비도 적고 여러 가지로 효율적이다.

다만 이렇게 공동 사용을 조직할 때 문제는 인간관계다. 여자 친구 집에서 한낮에 빈둥거리는 모습을 들켜서 헤어진다거나, 친구와 공동 생활을 시작했다가 원수 사이로 틀어져버렸다는 얘기도 종종 듣는다. 우선은 상대를 신중하게 골라야 한다. 예를 들어 꽤 신경질적인 사람과 흐리터분한 사람이 함께 살면 백발백중 스트레스가 쌓인다. 공동생활에서 마찰이 생겨나는 원인은 중차대한 문제라기보다 세탁을 하지 않는다든가 남의 우유를 마음대로 마셔버렸다든가 하는 자잘한 일에 있다. 별로 중요하지도 않은 일이 쌓이고 쌓여서 문제가 되어 터지는 것이다. 그러니까 공동의 공간에서는 되도록 개인의 사생활을 개입시키지 말고 예의를 지켜 사용하려는 자세를 지녀야 한다. 나아가 무엇보다 각자에게 개인 공간이 있어야 하고, 공간의 분할도 잘 되어 있어야 한다. 이를테면 공동의 공간에서 각자의 방으로 돌아갈 때 다른 사람의 방을 통해 가는 일이 없어야 한다. "친구 사이니까 어떻게든 잘 되겠지" 하고 얼렁뚱땅 넘어가려고 하면 95퍼센트는 실패다. 세심하게 주의를 기울여야 한다!

그런데 이런 것은 모두 인간관계와 관련되어 있기 때문에 한마디로 뭐라고 할 수는 없다. 만약 친구하고 둘이서 사는데 방이 쓰레기더미로 꽉 차 있다고 하자. 신문과 잡지가 20센티미터 정도 쌓여 있어 감히 손을 댈 엄두가 나지 않는다. 그래서 잠을 잘 때만 겨우 옆으로 치워 놓지만, 평소에는 방바닥이 쓰레기로 스키장처럼 경사면을 이루고 있다. 게다가 부엌이나 복도, 목욕탕도 아비규환 지옥도처럼 정신이 없고 칸막이도 잘 안 되어 있어 쓰레기를 밀쳐두고 자고 있는 사람을 넘어 현관이나 화장실에 가야 한다. 그런 상태라면 서로 삿대질하며 사는 게 아니냐고 물어보니까, 두 사람 다 고개를 갸웃거리면서 "그 정도면 그렇게 늘어놓는 편이 아닌뎁쇼!"라고 입을 모은다. 하아, 이놈들, 스트레스는 안 생기겠구나! 요점은 두 사람 성격이 맞느냐가 가장 중요하다.

나로 말할 것 같으면 현재 친구 넷이서 단독주택을 빌려 살고 있다. 방이 네 개 있어 각자 하나씩 쓰고 있고 방세가 14만 엔이니까 한 사람당 3~4만 엔씩 낸다. 물론 목욕탕과 세탁기도 있고 부엌도 넓다. 수도요금과 전기 요금 등도 많아야 대개 월 5,000엔 정도다. 이만큼 편한 생활이 또 있을까.

공동생활을 하면 앞에 소개했던 헐한 아파트에 사는 값으로 훨씬 안락한 생활을 할 수 있다. 코딱지만 한 싱크대에서 요리를 하다가 식칼을 떨어뜨려 발등이 찍힐 염려도 없다. 5분에 100엔 하는 코인샤워로 4분 55초 만에 몸을 씻는 수퍼테크닉을 익힐 필요도 없고, 먹어버린 10엔짜리 동전을 꺼내려고 발로 찼다가 뜨거운 물이 갑자기 찬물로 변해 비명을 지를 필요도 없다.

마음이 맞는 사람이 나타나면 공동생활을 해보자.


## 필살! 노숙 작전

이런저런 소개를 해봤지만 아무래도 돈이 들거나 협상의 기술이 필요한 부분도 많아서 이러지도 저러지도 못하는 일이 생길 수 있다. 그래서 노숙하는 법을 알아두면 도움이 되면 됐지 손해는 안 볼 것이다. 또 나중에 서술하겠지만 값싸게 이동하는 수단을 써서 자기가 살던 마을을 떠난 사람이 잘 곳이 없어 곤란을 겪을 수 있다. 뭔가 일을 저지르고 오랫동안 떠나야 할 때도 있는 것이다. 그럴 때 이동은 공짜로 하고 숙박비는 비싸게 치른다면 아무런 의미가 없다. 무사히 이동했다고 해도 집주인과 싸워서 쫓겨날지도 모르고 빚을 갚지 못해서 야반도주를 해야 할지도 모르니, 여차할 때 도움이 될 것은 틀림없다! 대대로 전해오는 비법=노숙하는 방법을 익혀두면 걱정할 일 없다! 여기서는 환상의 무료 숙박 시설 및 노숙을 연구해보자.

### 아는 사람 집에서 잔다

노숙 방법이라는 본론으로 들어가기 전에 그 밖의 숙박법도 찾아두자. 예를 들어 여행 중일 때는 그 지방에 사는, 아는 사람 집에 가서 재워달라고 하는 것이 제일 좋다. 친구의 친구 같은 모든 인맥을 동원해서 그 지방의 거점을 만들어두자. 그런데 벼룩도 낯짝이 있지 언제나 신세를 질 수만은 없지 않은가. 되도록 대등한 관계를 맺어두는 것이 나중을 위해서도 좋다. 무턱대고 신세를 지는 것은 바람직하지 못하다. 여차할 때 비빌 수 있는 인간관계를 맺어두기 위해서는 자기 동네에 멀리서 오는 친구가 있으면 기꺼이 재워주자. 이슬람 교인들에게는 "모르는 사람이라도 곤란에 빠진 사람이 있으면 재워주고 먹을 것을 주라"는 규범이 있다고 한다. 이런 사람들이 세계적으로 늘어가고 있는 추세라는데 우리라고 질 순 없다! 우리 편을 많이 만들어서 어디에 가더라도 머물 수 있는 곳이 있도록 해보자! 그렇게 하면 일본, 아니 세계 어디를 가더라도 아주 쾌적하게 이동할 수 있을 것이다!

또 아는 사람이 없어도 수가 생기기도 한다. 라이브 공연이나 연극

등 이벤트에 갈 때는 뒤풀이에 참가하여 현지 사람들과 술도 마시러 가서 "누구 나 좀 재워줄래요?" 하고 부탁해보면, 잠자리가 해결되는 일도 종종 있다. 다만 극단 시키(四季)★의 뒤풀이나 롤링스톤즈의 뒤풀이

★ 극단 시키: 1년에 공연 3,000회 이상, 배우와 스태프가 700명 이상인 일본 최대 규모의 극단. 1953년 7월 14일 창립하여 일본에 뮤지컬을 정착시키는 데 지대한 역할을 담당했다.

에는 결코 잠입할 수 없을 테니까 무모한 짓은 하지 말도록!

### 노숙 장소를 찾아라!

우선 문제는 노숙 장소다. 적당히 잘 자고 일어나야 하는데 경찰이 와서 깨우면 짜증이 날 뿐 아니라 동네 깡패한테 얻어맞기라도 한다면 분해서 참을 수 없다. 되도록 푹 잘 수 있는 장소를 찾아야 한다.

치안상 안전한 곳을 찾으려면 너무 눈에 띄어도 안 되고 너무 눈에 띄지 않아도 안 된다. 푹 자고 싶다는 마음에 뒷골목이나 나무가 많은 공원 구석처럼 어두컴컴한 곳으로 찾아들기 쉽지만, 그건 오히려 위험하다. 무슨 일이 일어날지 모르고, 운이 나쁘면 강도한테 홀딱 털릴지도 모른다. 전등을 훤히 켜놓은 곳에서는 강도를 만나지는 않겠지만 '정신 나간 놈이 자빠져 있다'고 여긴 아저씨가 정의감에 못 이겨 설교를 늘어놓으러 올 수도 있고, 경찰한테 직업이 뭐냐고 심문 당할 수도 있다. 라면 파는 포장마차가 늘어서 있는 주차장이나 공원 벤치 등 적당한 곳을 물색하자.

다른 사람에게 폐를 끼치지 않고 자는 것이 노숙의 원칙이다. 이건 다른 사람을 위한 배려이기도 하지만, 무엇보다 안면을 방해받지 않기 위한 조치이기도 하다. 가게 앞에서 잘 때는 가게 문 닫는 시간을 잘 확인해둘 것. 또 역 앞이나 대합실에서 잘 때는 첫차가 다니기 전에 일어

나야 한다. 노숙자 아저씨가 있을 법한 공원은 자기 구역이 정해져 있으므로 그런 데서 잘 때는 우두머리같이 생긴 사람한테 인사쯤은 해두는 게 좋다.

노숙 장소를 찾아다니다 보면 재미있게도 의외로 잘 곳이 꽤 많이 눈에 띈다. 금요일이나 토요일에는 다음 날 회사가 노는 날이니까 은행이나 증권회사 앞에서 자면 좋고, 가게라면 정기 휴일 전야가 좋다. 다만 불고깃집이나 라면집 앞은 바퀴벌레나 쥐가 있어서 아무래도 찜찜하다. 초등학교나 중학교도 꽤 쾌적하게 잠을 잘 수 있지만, 최근에는 무서운 범죄가 자주 일어나 수위 아저씨가 과민하게 반응할 수 있으니 안 가는 게 좋다. 반대로 대학은 경비가 심하지 않기 때문에 자기에 편하다. 이 몸은 공사현장의 가설물에 올라가 잔 적도 있는데 기분은 좋았지만 일어나 보니 꽤 높은 곳이어서 머리가 핑 돌면서 소름이 끼쳤다. 노숙에도 각자 취향이 있는 법, 자기한테 맞는 노숙 장소를 찾아보자!

## 비법 전수! 노숙할 때의 마음가짐

노숙할 때는 기본적으로 금방 잠에 곯아떨어지겠다는 마음가짐이 필요하다. 소리가 날 때마다 신경을 쓰면 한숨도 잘 수 없으니까 "내일 일은 아침에 깨서 생각하자"고 한 수 접는 게 상책이다.

나쁜 사람을 경계하는 방법으로 선글라스를 쓰고 자는 것도 좋다. 선글라스를 쓰면 자고 있는지 깨어 있는지 모르기 때문에 강도는 당할지 몰라도 소매치기는 접근하지 않는다.

여성인 경우 폭행을 당하면 큰일 나니까 질이 나빠 보이는 사람이 나타나면 보이지 않게 침낭 속으로 꼭꼭 숨는 것이 안전하다. 아니면 매직으로 콧수염을 그리고 자면 어떨까 하는 생각이 방금 떠올랐는데, 금방 들통이 날 뿐 아니라 아침에 깜빡 잊고 거리로 나가기라도 하면 망신이니까 권하지는 않겠다!

## 노숙 완전 장비!

### 침낭이나 매트

만반의 준비를 하고 나갈 때는 침낭이나 매트를 가지고 나간다. 통상적인 노숙이라면 침낭과 매트만으로도 충분하다. 침낭은 홈센터*에서

★ 홈센터: 자전거, 등산용품, 원예도구 등을 파는 대형 일용 잡화점.

1,000~2,000엔 정도에 파는데 보온성이 높은 번데기형이나 널찍하게 잘 수 있는 봉투형 등 여러 종류가 있으니까 마음에 드는 것을 고르면 된다. 매트도 은색의 단열 재료를 붙인 것을 싸게 팔고 있다. 텐트도 싸게 팔기 때문에 쾌적한 잠을 위해 사용해도 좋겠지만, 텐트를 치면 엄청 눈에 띄기 때문에 도시에서 노숙할 때는 그다지 적합하지 않을지도

모른다. 주변 상황을 잘 살펴보고 대처해야 한다. 그런데 여기서는 캠프를 소개하려는 게 아니라 가난뱅이의 최후 수단으로써 노숙 방법을 연구하려는 것이기 때문에 준비가 너무 철저해도 이상하다. 예를 들면 막차를 놓쳐 어쩔 수 없이 노숙하는 주제에 텐트 치고 코펠에 라면까지 끓여 먹으면 확신범이라고 찍혀서 경찰이나 역무원한테 쫓겨날지도 모르니 주의해야 한다.

어디까지나 참고사항으로 말해두는데, 경찰의 직무는 임의이기 때문에(강제가 아니다!) 신원을 알리고 싶지 않으면 말을 안 해도 좋다. 다만 최근에는 무법자 같은 경찰이 많기 때문에 진술을 거부하면 경찰서까지 가는 일도 적지 않으니까 적당히 해두는 게 좋다. 주소와 이름만 가르쳐주면 경찰은 대개 그냥 물러난다. 다만, 지나치게 정직하게 얘기해주면 우연히 그날 일어난 사건과 관련하여 범인으로 몰릴 수도 있으니 경찰은 적당히 속이는 게 상책이다.


**비닐 쓰레기봉투**

침낭과 매트만 있으면 되지만 간혹 예상 못 한 일도 일어난다. 비라도 내려서 침낭이 젖으면 불쾌하므로 비를 막을 수 있는 비닐 쓰레기봉투(45리터 정도)를 준비해두자. 이것을 침낭에 두르면 되는데, 바람에 날리지 않도록 테이프로 잘 붙이면 물이 새어 들어오지 않는다. 너무 신경질적으로 안쪽을 완전히 밀봉해버리면 공기가 통하지 않아 죽을 수도 있으니까 조심하자! 또 장소나 기후에 따라서 밤이슬이 내려 꽤 축축하게 젖기도 하니까 쓰레기봉투나 비닐시트를 이용해서 침낭이 젖지 않게 대비하자.

## 모기향

여름에는 모기가 극성이다. 침낭에 들어가 잠이 들면 괜찮지만 여름에는 덥기 때문에 모기향을 준비하자. 다만 모기가 웽웽거리는 바람에 귓전 가까이 모기향을 피우면 밤중에 모기향이 바람에 날려 귓불이 데어 깜짝 놀라 일어나는 일도 있으니까 향을 피우는 장소에는 신경을 써야 한다! 모기가 시끄럽다고 귀막이를 하고 잠을 자면 임시방편은 되겠지만, 그렇다고 안 물리는 건 아니다. 잘못하면 아침에 자기 얼굴을 못 알아볼 정도로 모기한테 물릴 수도 있다. 모기라고 만만하게 보았다가는 큰코다친다.

## 신문지, 손난로, 골판지 상자를 이용해 자는 방법

예상과는 달리 한기가 들 때도 있다. 이럴 때 대활약을 펼치는 물건이 보온성이 높은 신문지다. 주변에서 신문지를 주워 와서 손발이나 몸에 두르면 꽤 따뜻하다. 물론 손난로도 도움이 된다. 영하로 내려가거나 하면 손발이 시려서 잠을 못 이루기도 하는데, 이럴 땐 손난로를 신문지로 둘둘 만 다음 비닐봉투로 다시 말아서 품고 자면 추위에도 끄떡없다. 또 골판지 상자도 공기가 들어 있기 때문에 보온성이 높다. 매트 아래에 몇 겹으로 깔아두면 최고다. 체온은 땅에 빼앗기게 되어 있으므로 몸과 땅의 접촉면을 줄이기 위해서는 바로 눕거나 엎드려 자는 것보다는 옆으로 누워 자는 것이 좋다.

추위는 옷을 껴입은 정도와 침낭의 성능에 따라 다르게 느껴진다. 내 경험으로는 이 작전으로 봄, 여름, 가을에 쓰는 침낭으로 영하 7도(사이타마 현 치치부秩父), 겨울용 침낭으로는 영하 33도(홋카이도 슈마리나이朱鞠

內)까지 견딜 수 있었다.

한 가지, 실패한 예도 말해두겠다. 겨울에 홋카이도를 기차로 여행했을 때였다. 막차로 무인역에 내려 노숙을 할 작정이었는데, 겨울용 침낭을 그만 기차 안 그물 선반에 놓고 내려 죽을 뻔한 적이 있다. 황급히 JR에 연락을 해봤지만, "그럼 내일 ○○역까지 가지러 오세요!" 하고 시원스레 답변을 해주었다(이 바보야! 오늘 꼭 필요하단 말이야!). 어쩔 수 없이 다른 계절용 침낭을 꺼내 잠을 청하기로 하고, 쓰러질 것 같은 기차역 공중 화장실의 벽을 부수어 땔감으로 땠다. 몸을 덥히기 위해 방약무인한 짓을 저질렀지만, 여하튼 얼어 죽지 않고 잠을 잘 수 있었다. 미안해, 화장실아!

술로 몸을 따뜻하게 하는 것도 좋지만 정도껏 마셔야 한다. 추우면 천천히 취하기 때문에 마구 마셔대다가는 침낭에 들어가는 순간 한꺼번에 취기가 돌면서, 욱~ 죽을 것 같은 기분이 든다. 게다가 감각이 마비되어 추위를 느끼지 못해 감기에 걸리기도 한다.

의외로 노숙도 익숙해지면 해볼 만하므로 여차할 때나 여행 중 절약해야 할 때는 이 방법을 적극적으로 활용해보자!

# 밥값 절약 기술

생활비 가운데 방세 다음으로 비중을 차지하는 것이 식비다. '먹는 것'을 좋아하는 사람은 돈이 들어도 상관없겠지만, 그렇지도 않은데 지출해야 할 일이 생기면 어이가 없어진다. 동네 라면집을 둘러봐도 300~400엔으로 먹을 수 있는 가게는 최근 찾아보기 힘들다. 반대로 그다지 맛있지도 않은데 지저분한 먹 글씨로 '맛을 고집하는 라면' 같은 간판을 내건 엉터리 가게가 늘어나고 있다. 라면 한 그릇에 800엔이나 하는 말도 안 되는 곳도 있다. 하다하다 안 되면 'ㅇㅇ 물을 사용하고 ㅁㅁ로 국물을 낸 맛…' 하고 떠벌인다! 알 게 뭐냐, 이놈아! 난 가난뱅이란 말이다!

그래서 우리 가난뱅이에게 중요한 과제=밥값을 아끼는 자린고비 연구에 돌입하자!


## 걸식 작전


인맥을 잘 활용하면 밥을 얻어먹는 수도 생긴다.

뭐니 뭐니 해도 먹는 장사 계통의 사람을 친구로 사귀는 것이 제일이다. 식당 아줌마와 친해지면 "햐아 이거, 돈이 떨어져서…!" 하고 머리라도 긁적이면 가게 문 닫을 즈음 남은 음식을 내주기도 한다.

수퍼나 편의점에서 아르바이트 하는 사람과 친하게 지내는 것도 중요하다. 유통기한이 지난 도시락이나 반찬을 많이 얻을 수 있다. 친구를 아르바이트생으로 잠입시키거나 자기가 직접 일을 해도 좋지만, 편의점 아르바이트는 대개 힘든 일에 속한다. 나중에 "야, 이거 얘기가 다르잖아" 하고 따진들, 내 알 바 아니다.

시골에서 부모님이 농사를 짓는 친구와 친하게 지내는 것도 중요하다. 인정 많은 농가라면 자주 먹을 것을 보내줄 뿐 아니라 직접 거래를 트게 되면 맛있는 쌀을 값싸게 살 수 있다. 쌀만 사놓으면 양식 걱정은 없다.

다만 '자기 힘으로 멋대로 살아가기'라는 이 책의 기본 원칙을 생각하면, 다른 사람한테 신세만 지는 것은 별로 의미가 없다. 빈대 붙는 것도 지나치면 폐만 될 뿐이다. 게다가 남한테 얻어먹기만을 기대한다면, 지금처럼 바가지를 씌우는 경제의 포로로 잡혀 있는 얼간이 소비자와 조금도 다를 바 없다. 돈을 쓰느냐 쓰지 않느냐의 차이만 있을 뿐 결국 그놈이 그놈인 셈이다.

폐만 끼치는 구두쇠가 되는 것은 인간 말종이 되는 것과 다름없다. 그러니까 돈이 좀 생기거나 먹을 것이 남으면 곤란에 처해 있는 주변 사람에게 나누어 주어야 한다. 그래야 균형이 잡힌다!

# 먹고 튀기 작전

　법망을 뛰어넘는 방법으로 먹고 튀는 기예를 발휘해볼 수는 있다. 그러나 이것은 상당히 아슬아슬한 수법에 해당하므로 조심 또 조심해야 한다.

　우선 상대를 아무나 골라서는 안 된다. 특히 개인영업을 하고 있는 식당에서 절대 해서는 안 된다. 몇 번이고 되풀이해서 말하지만 가난뱅이끼리 치고 박고 해봐야 무슨 소용이 있는가. 먹고 튀기 작전은 우리 가난뱅이한테 바가지를 씌우는 악덕 레스토랑에 대해 저항의 수단으로 한번 결행해봄직하다. 하지만 이건 어디까지나 기본적으로 법에 저촉되는 행위이므로 진짜 실행하면 보통 큰일이 아니다. 만일을 위해 말해두지만, 정말 어쩔 수 없어서 하는 거라면 말리지는 않겠지만 위험이 따른다는 점만은 염두에 두기 바란다. 일단 소개는 해보겠다.

　2002년 1월에 생각지도 않게 경찰한테 붙잡혔을 때 감옥 안에서 사기 전과 26범인 어마어마한 인물을 만났다. 이하의 내용은 그 사람이

38

알려준 방법이다.

먼저 라면집에서 먹고 난 다음 갑자기 달아나는 멍청한 짓을 했다간 재미없다. 주인아저씨 발이 더 빨라서 잡히기라도 하면 아주 혼이 날 테니까 말이다. 우선 핸드폰 가게에 가서 샘플로 내놓은 핸드폰을 얻어 놓자. 핸드폰 대리점이나 벼룩시장에 가면 거의 공짜로 손에 넣을 수 있다. 그 다음 적당히 고급스러운 호텔 레스토랑에 가서 닥치는 대로 맛있는 음식을 먹는다. 식사가 끝나면 담배라도 피우면서 천천히 가짜 핸드폰을 꺼내 들고 "아, ○○ 씨, 지금 어디십니까? … 예, 예, 거의 다 오셨군요. 지금 모시러 갈게요. 잠깐만 거기서 기다려주세요" 하고 연기를 한 다음, 급조한 서류 봉투와 함께 핸드폰을 테이블 위에 놓아둔다(←이게 중요). 그 다음은 물론 밖으로 나가서 집으로 돌아간다. 자리를 뜰 때 "저기, 커피 두 잔만 가져다주실래요?" 하고 주문까지 해두면 감쪽같다. 핸드폰이 있기 때문에 안심하므로 이렇게 해서 잡힌 적은 없다고 한다.

이런 콩트 같은 엉터리 연기가 정말 통할지 어떨지 의심스럽지만, 사기꾼 아저씨는 돈이 없을 때 맛있는 걸 먹고 싶으면 이 수법을 쓰라고 권해주셨다. 후~!!!(휘둥그레)


## 모르는 파티에 끼어들기


공짜 밥을 먹을 수 있는 기회는 의외로 여기저기 널려 있다. 큰길 옆이나 대학에 있는 홀에는 잘난 놈이 쓴 시시껄렁한 책의 출판기념회라든지, 들도 보도 못 한 기업의 명함 교환 모임이라든지, 대학의 사은회 같은 밑도 끝도 없는 모임이 자주 열린다. 요런 모임이 꽤 짭짤하다. 이런 파티에서는 서로 얼굴을 모르는 경우가 많기 때문에 끼어들기 쉽다. 이 몸도 몇 번이나 끼어든 경험이 있는데 재미가 쏠쏠했다. 때로는 정신 나간 대학교수 같은 사람이 슬쩍 다가와서는 "어때? 요즘 ○○ 연구소는?" 하고 물을 때도 있다. 흥미 없는 질문은 적당히 대답하고 넘기면 된다.

중요한 점은 1초라도 젓가락을 가만히 두지 말라는 것이다. 이런 데서는 사양할 필요가 없으니까 비싼 것부터 먹어치우자. 주위 상황을 살피는 것도 잊지 말자. 가끔 먼 곳에서 '저거, 저놈 뭐야?' 하는 의심의 시선을 던지는 놈이 있을 수 있는데, 그럴 때는 기본적으로 오래 머무는 것은 금물이다. 참치 초밥과 캐비아, 상어 지느러미만 뱃속에 집어넣고 캔맥주는 가방에 챙긴 다음 재빨리 자리를 뜨자.

너무 초라한 행색으로 가지 않는 것도 요령이다. 어딜 봐도 가난뱅이 냄새가 풀풀 풍기는 옷차림으로 스테이크 고기를 씹고 있으면 5초 안에 끌려 나온다. 그러니까 될 수 있으면 제대로 갖추어 입었을 때 가보도록!

뜻하지 않게 접수처에서 단속을 할 때도 있다. 이럴 때는 무리하게 돌파하지 않는 게 좋다. 물러날 때를 아는 것도 중요하다. 요컨대 너무 자주 가면 안 된다. 마침 떡 본 김에 제사 지낸다는 기분으로 간다는 마음가짐이 중요하다. 거리를 걷다가 부자들이 모였음직한 낌새가 보이면 일단 주변을 서성거려보자. 뭔가 좋은 일이 생길지도 모른다.

## 맥도널드 작전

맥도널드 햄버거는 아주 맛있다. 아니 맛있다는 착각이 든다. 그토록 몸에 나쁜 정크푸드라고 하는데, 왜 그렇게 맛이 있는지 모르겠다. 원래는 맛이 없어야 하는데도 말이다. 몇 년 전에 한 달 동안 줄창 맥도널드 음식만 먹으면 얼마나 몸이 망가지는지를 찍은 영화 〈수퍼 사이즈 미〉를 보고, 매일같이 맥도널드에 다닌 적이 있다. 부러워서…. 어? 이봐, 이봐! 이건 아니잖아!

곰곰이 생각해보면 어릴 적 가메이도(龜戶)의 슬럼가에서 뛰놀 때는 매일 불량식품 파는 데 다니며 노랑 물, 파랑 물을 들인 엉터리 과자를 먹으면서도 '맛있어, 맛있어' 하고 기뻐 날뛰었던 기억이 난다. 과자 가게 할머니한테 얻어맞을지도 모르는 위험을 무릅쓰고 날치기까지 해서 노랑 과자, 빨강 과자를 먹었을 정도니까. … 미각이니 뭐니 그런 게 있었을 리 만무하다. "수프는 ○○물을 사용하고…" 한들 무슨 소린지 하나도 알 수 없다는 말이다! 난 말이지, 일본 최악이라 불리는 가나마치(金町) 정수장 물을 벌컥벌컥 마시면서 자란 몸이란 말이다! 이놈들아! 돈 돌려줘!

얘기가 좀 샛길로 빠졌는데, 거기서 생각해낸 것이 맥도널드 작전이다. 햄버거 하나에 100엔이라면 싼 축에 속하지만, 그걸 그대로 먹는다는 건 대단한 사치다. 잘 생각해보라. 그건 그저 햄버거가 아니라 빵과 햄버그스테이크와 빵인 것이다. 그렇다면?! 그놈을 분해해서 아침에는 우아하게 빵과 커피, 저녁에는 햄버그스테이크와 쌀밥, 이런 식으로 세 끼를 호화판으로 먹을 수 있지 않을까? 이봐, 수염 난 할아버지 표 햄버거 따위에 비할 수가 없단 말씀이야!

자, 실행 단계! 토스터로 빵을 굽고 마가린을 발라서 먹어보았더니 맛이 너무 없었다. 이래서야 어디! … 아니야, 아직 저녁거리가 남아 있잖아. 저녁에 햄버그스테이크에 양념을 해서 프라이팬에 구워놓고 밥을 지어 식탁 위에 차려놓고 먹었는데, 이것도 허벌나게 맛이 없었다. 바싹 말라 딱딱하고 고기 맛도 안 났다. 맛없어 죽겠구나! 염병할! 속았다! 이게 뭐야!

안 되겠다! 이 작전은 실패다!

# 다다미 작전

가난뱅이 제군, 월급날 저녁에 무계획적으로 돈을 다 써버리고 무일푼이 되어본 적은 없는가? 아는 사람에게 돈을 빌리러 갈 차비도 없어서 두 손 놓고 방 안에서 시간이 흘러가기만을 꼼짝 않고 기다린 적은 없는가?

그럴 때 눈에 들어오는 것이 다다미다. 밥상은 좀 딱딱해 보이고 책은 잉크가 묻어 있으니 몸에 안 좋을 것 같다. 때에 따라서는 다다미도 안 될지 모른다…. 재빨리 식칼로 뜯어내어 국물을 붓고 간을 해서 졸여보니까….

퉤, 퉤, 퉤! 맛없어, 맛없어!! 중지!! 중지!!

# 공동으로 자취하자

아무래도 가난뱅이 학생 시절에는 이제까지 기술한 작전이나 다다미 작전, 나아가 화장지 작전, 잡초 작전 등을 해보기 마련이지만, 이런 생활은 건강에 좋지 않으므로 권하지는 않겠다. 아니, 성공적이지 않으니까 그만두자. 역시 정통은 밥을 지어 먹는 편이 좋을 듯싶다. 다만 밥을 지으려면 시간이 걸리기 때문에 요리가 취미인 사람은 괜찮지만, 바쁜 사람은 늘 그럴 수가 없다. 그러니 공동으로 밥을 짓는 방법은 없을까?

근처에 아는 사람이 있으면 결탁하여 먹을 것을 만들자. 또 약간 허술한 직장이라면 점심밥도 지어 먹을 수 있다.

개인적으로는 시간이 걸리거나 더딘 일을 좋아하지 않는 편이지만 이것만은 어쩔 수 없는 것 같다. 단념하고 밥을 해 먹어보자.

# 필살! 이동수단

우리는 '참기 어려운 일을 참고, 견디기 어려운 일을 견디면서'\* 비싼

★ 참기 어려운 일을 참고, 견디기 어려운 일을 견디면서: 耐え難きを耐え, 忍び難きを忍び. 패전 당시 천황의 옥음 방송 가운데 가장 유명하게 회자되는 구절.

교통비를 내고 이동하고 있다. 직장이나 거리에서 쓰는 바가지 때문에 생고생을 하고 있는데 이동하는 데만도 돈이 엄청 드니까 여간 힘든 게 아니다.

시내에서 이동하려면 보통 수백 엔은 들고, 장거리 이동으로 신칸센이나 비행기라도 타려면 2~3만 엔 정도는 금방 날아간다. 이런 돈을 다 주고 이동한다면 한순간에 돈이 바닥나서 꼼짝도 못하게 되든지 과로사 직전까지 일해야 하든지, 둘 중 하나다. 출장이라면 경비가 나오겠지만 일이 아니더라도 개인적인 볼일이 있기 마련인데 돌아다니지도 말라는 말인가? 끄응, 이건 중세시대의 농민이 따로 없잖아!

좋다, 그러면 우리처럼 돈이 없는 놈들의 이동 기술을 연구할 수밖에 없다!

# 공공 교통기관의 활용법 및 악용법

장거리 버스를 타면 도쿄-오사카를 4,000엔 이내로 이동할 수 있고, 기간 한정으로 파는 보통열차를 마음껏 타는 '청춘18 열차표'(이름이 수상쩍다)를 이용하면 하루 2,300엔으로 어디든지 갈 수 있다. 이 열차는 꽤 쓰임새가 야무져서 환승만 잘 이용하면 도쿄를 출발하여 남으로는 구마모토(熊本), 북으로는 아오모리(青森)까지 하루 안에 갈 수 있다. 다만 역마다 정차와 환승이 이루어지기 때문에 느림과 싸우고 기다림과도 싸워야 하니, 이 소모전을 견딜 수 있는 마음가짐이 필요하다.

비행기의 예약할인 제도도 있지만 부자들의 도락여행이 아닌 바에야 몇 개월 전부터 예약하는 일은 무리다! 할인 때문에 시간에 얽매이기도 싫고 언제 무슨 일이 벌어질지 모르는 일이니 이런 제도는 있어 봐야 꽝이다(게다가 본시 그렇게 싸지도 않다).

초법적 수단으로 어린이 작전도 쓸 수는 있다. 어린이 표를 가지고 자동 개찰구를 통과하면 램프가 켜지거나 소리가 날 뿐이므로 인파에 파묻혀 가든가 어린이와 함께 통과하면 괜찮다. 전부 반액이므로 확실히 이익이다. 또 마음먹고 기세루*를 하면 꽤 값싸게 이동할 수 있다.

★ 기세루: 승·하차역 가까운 데까지만 차표를 사고, 중간은 차표 없이 거저 타는 부정 승차를 가리키는 속어.

이를테면 서울에서 천안까지 가는 표를 사서 부산까지 간 다음에 수를 써서 개찰구나 울타리를 넘어야 한다. 이동 중 주의할 점은 쾌속열차급 이상의 열차나 역과 역 사이가 먼 열차를 타면 차장이 틈날 때마다 표 검사를 하러 오기 때문에 굉장히 위험하다. 표 검사를 잘 피해서 목적지에 닿은 후에 탈출만 잘하면 된다. 처음에 기차를 탄 무인역의 이름,

그 다음 역부터 목적지까지 계산한 요금, 그 역의 구조 등을 기억해두면 일사천리다. 차표를 잃어버렸다고 하고 역무원이 묻는 말에 대답하면 탈출 가능하다.

말할 것도 없이 어린이 작전이나 기세루는 비합법적이어서 위험이 크다. 굳이 말리지는 않겠지만 권할 일도 못 된다. 원래 기세루를 하려면 용기, 배짱, 결행력은 물론, 사람 눈을 똑바로 보고 또깡또깡 이야기하거나 손님(또는 역무원)을 설득할 수 있는 화술 등 웬만한 세일즈맨은 저리 가라 할 능력이 필요하니까 만만하게 생각할 일이 못 된다.

또한 폐선(廢線)될 위기에 처한 가난한 지방 노선에서 기세루를 하다가 혹 기차역이 망해버리면 현지 사람들이 곤란해지므로, 그런 점도 배려해가면서 실행해야 한다.


# 자전거와 오토바이와 자동차

### 자동차

대중교통을 이용하면 오래 기다리거나 막차를 타지 못해 거리를 헤매는 등 불편한 점이 많다. 역시 자유롭게 이동하려면 자기 차를 몰고 다니는 게 제일이다.

우선 자동차부터 살펴보자. 세간에는 자동차=부자라는 인상이 강한 듯한데, 특히 가난뱅이에게 그건 안이한 생각이다. '초행동파! 자동차 작전'에서 서술했듯이, 똥차라도 손에 넣어 적당한 뒷골목 주차장에 두면 의외로 비용도 많이 들지 않고 편리하다.

가난뱅이의 이동수단으로는 가장 연비가 좋은 경자동차를 생각해볼 수 있다. 도쿄에서 오사카까지는 600킬로미터 정도 달려야 하는데, 1리터당 15킬로미터를 달린다고 하면 40리터가 든다. 기름 1리터에 150엔 정도 하니까 도합 6,000엔, 이것을 넷으로 나누면 한 사람당 1,500엔이 든다. 오잉, 이거 생각보다 싸잖아!

### 오토바이

오토바이도 꽤 싸다. 예를 들어 1리터당 20킬로미터 달리는 오토바이로 우리 동네(고엔지)에서 신주쿠까지 간다고 치자. 거리가 약 5킬로미터이므로 기름 1리터에 150엔이면, 가는 데 40엔이 드는 셈이다. 지하철을 타면 150엔 드니까, 약 4분의 1에 불과하다.

더구나 세계 최강의 혼다 수퍼커브를 탄다고 하면 더 말할 필요도 없다. 이놈은 연비가 무지 좋아 리터당 60~80킬로미터 정도 달리므로 1리터당 10엔 정도로 시내 진출이 가능하다는 말이다. 앗싸!

예전에 혼다 수퍼커브를 탄 적이 있는데, 도쿄-오사카를 얼마에 달릴 수 있는지 시험해보았다. 그다지 속도를 내지 않았기 때문에 꼬박 이틀이나 걸렸지만 비용은 859엔밖에 안 들었다. 이거야말로 최고다!! 주행의 요령은 될수록 브레이크를 밟지 말 것. 모처럼 가속한 상태인데 감속해버리면 기름이 아깝다. 가능하면 빨간 신호등일 때 통과하고 싶은 마음이 굴뚝같지만 가속하면 기름이 타므로 급하게 가속하는 것도 금물이다. 요컨대 급출발, 급가속을 피하고 평온하게 달리도록 하자. 그러면 놀랄 만한 연비 주행을 실현할 수 있다.

오토바이는 비가 오면 위험하고 짐을 많이 싣지 못하는 결점은 있지만, 아주 값싸게 이동할 수 있다.

### 자전거

자전거는 기본적으로 돈이 들지 않는 이동수단이므로 든든한 우리 편이다. 아무리 멀리 가더라도 땡전 한 푼 안 든다. 평상시에 5킬로미터 정도라면 여유 있게 이동할 수 있다. 게다가 술을 마시더라도 상대적으로 위험하지 않고(그런데 최근에 음주 자전거 금지라는 요상한 법률이 생겼다더구만…. 쳇!), 자동차나 오토바이만큼 주차가 어렵지 않아 편리하다. 장거리 이동에는 사용하기 좀 뭣하지만, 조금만 마음을 다잡는다면 못 갈 것도 없다.

옛날에 술자리에서 취한 기분에 "마마 자전거*로 어디까지 갈 수 있

★ 마마 자전거: 일본의 주부들이 타는 자전거로 아이들을 태우는 좌석과 장바구니가 앞뒤로 달려 있다.

을까" 하는 얘기가 나와서 몇 번인가 자전거 경주를 벌인 적이 있다. 그래서 마마 자전거로 도호쿠(東北) 지방을 일주했는데, 이거 웬걸, 거리가 1,500킬로미터나 되어 완주하는 데 열흘이나 걸렸다. 그래도 당연히 연료비는 엽전 한 냥 안 들었다. 다만 목이 마르다고 편의점마다 들러 음료수를 사 들이켜면 얘기는 다르다. 공원 같은 곳에서 물을 마시면서 신체의 연료비(!)가 들지 않도록 주의해야 한다.

자전거 주행에는 생각도 못 한 일이 벌어지기도 한다. 자전거로 언덕길을 달리다가 갑자기 핸들이 빠져서 바위에 세게 안긴(?) 적이 있다. 또 정월에 아키타(秋田) 지방을 달린 적이 있는데 갑자기 펑크가 나는 바람에 할 수 없이 근처 민가 문을 두드려 사람을 깨웠다. 공구를 빌릴 수 있었기에 겨우 곤경은 면했지만, 자전거는 대체로 트러블도 많은 편

이라서 장거리 여행을 강행할 때는 각오를 단단히 해두어야 한다.

# 차 얻어 타기 강좌

자, 마지막은 대대로 전해오는 비법, 즉 얻어 타기에 관한 강좌다. 한 푼도 들지 않을 뿐 아니라 운이 좋으면 밥까지 얻어먹을 수 있는 최강의 이동수단이다. 이 기술을 정복하면 자유자재로 이동할 수 있다.

가난뱅이 여행자이면서 얻어 타기만은 거부감이 든다는 사람도 꽤 많다. 과연 넘어야 할 장애물도 높은 편인데, 확실히 위험도 없지는 않다. 예를 들어 여자 혼자서 얻어 타기를 했다가는 큰일이 날 수도 있고, 괜히 노상강도처럼 보여서 신고를 당하는 수도 있다. "다른 사람한테 폐를 끼치면서 돈 안 들이고 다닌다는 것은 좀 떳떳하지 못하다"고 주저하는 겸손한 사람도 있다.

하지만 잠깐만!! 생각 좀 해보자. 자동차는 일본의 방방곡곡을 누비고 있지만, 만원인 경우는 거의 없다. 대개 한두 사람이 타고 다니는 것이다. 이건 분명 낭비라구. 아깝지 않아? 이렇게 빈자리가 이동하고 있다면 얘기는 간단하다. 사양할 것 없이 효율적으로 활용하자! 자동차라는 최고급 아이템을 혼자서만 독점하는 것은 하느님 무서운 줄 모르는 뻔뻔한 행위다. 이를테면 손목시계를 차고 있는 주제에 다른 사람에게 시간을 알려주지 않는 놈이 있다면? 그런 꼴불견이 어디 있단 말이냐. 요컨대 얻어 타기도 우리의 공유재산을 헛되지 않게 활용하는 일이므로 당당하게 실천해주기를 바란다.

얻어 타기 기술만 익혀두면 거리에서 헤매는 처지라도 걱정이 없어진다. 이 최강의 기술을 정복해두면 돈이 없어도 무전여행을 할 수 있고 빚 때문에 해결사에게 쫓길 때도 공짜로 도망갈 수 있다. 뿐만 아니라 먼 곳에서 질 나쁜 부자를 성토하는 봉기가 일어났을 때, 금방 응원하러 쫓아갈 수 있다. 얻어 타기로 잘 살아보세! 우리도 한 번 자알 살아보세!

## 멈춰 선 자동차에 타기

그러면 얻어 타기 방법을 연구해보자. 보통 영화 같은 데서는 곧게 뻗은 시골길에서 엄지손가락을 내밀어 트럭 같은 차를 멈춰 세우는 히치하이킹이 곧잘 나오지만, 개인적으로 그런 일을 해본 적이 별로 없다. 다른 사람이 차를 세워주기를 기다리는 짓을 하고 싶은 마음이 없다. 오히려 서 있는 차를 얻어 타는 것이 시간이 덜 걸린다.

드라이브인*이나 고속도로 주차장, 도로 옆의 라면집 근처에 서 있는

★ 드라이브인: 자동차에 탄 채 구경, 식사, 쇼핑 등이 가능한 영화관, 식당, 상점 등을 말하거나 자동차를 주차 시설에 놓아두고 용무를 보는 형식도 있다. 주로 주요 도로 인근에 있으며 넓은 주차장이 있다.

차는 거의 같은 방향으로 가기 때문에 태워달라고 부탁해보면 의외로 잘 들어준다. 그럴 때는 "○ ○ 역까지 가고 싶은데요" 하고 목적지를 지정하기보다는 "○ ○ 방면으로 가고 싶은데 도중에 편한 곳에서 내려주셔도 괜찮아요" 하고 거절할 구실을 주지 않아야 성공률이 높다.

시간적 여유가 있는 이동이라면 승용차에 타보자. 업무 중인 사람보다 놀러 가는 사람 차에 타면 예상치 못한 일이 일어나곤 해서 재미있다.

운전수에 따라 반응은 다른데, 우선 데이트하는 커플이나 조직폭력

배의 벤츠는 좀처럼 태워주지 않는 반면, 심심해서 그런지 업무 중인 아저씨 차는 비교적 얻어 타기 쉽다. 아무튼 여러 종류의 사람 차에 타보는 것도 재미있다.

### 파친코 가게의 도깨비

여담일지 모르겠지만, 자동차를 잡는 장소로 제일 재미있는 곳이 파친코 가게다. 주차장에서 기다리고 있으면 나오는 놈마다 희로애락이 얼굴에 다 씌어 있다. 돈을 많이 잃어 열 받은 사람이나 폐인처럼 흐느적거리며 나타나는 사람에게는 말을 걸어봤자 좋은 일이 있을 리 없다. "에잇, 재수 없어! 안 태워줘!" "그럴 기분이 아니라서…" 하며 거절당하기 십상이다. 심지어는 "이놈!! 이런 뻔뻔한 짓을 해도 괜찮다고 생각하는 거야?" 하고 화를 내기도 한다. 이보시라구요! 댁이야말로 귀갓길에 돈 날리고 집에 가면 엄마한테 먼지 나게 맞는 주제에 뭐 잘났다고 어디서 설교는 설교야! 피차 개털들끼리 핏대 올리지 말고 할 말이 있으면 파친코 가게에나 하라구!

반대로 빙글빙글 입이 귀에 걸려 나오는 놈은 아주 좋은 먹잇감이다. "어디든 말만 하세용♪" 하고 빈정 상할 정도로 콧노래 섞인 대답이 돌아온다. 예전에 이런 사람한테 차를 얻어 탔더니 "우와, 오늘 기분 정말 끝내준다!"며 운전하면서 어깨춤까지 추는 통에 도리어 내가 불안할 정도였다. 보나마나 돈방석 위에 앉았을 테지…. 그 사람은 "목적지까지 데려다주지 못해서 미안하네. 시간이 있으면 데려다줄 텐데 말이지. 자, 이걸로 거기까지 가라구" 하며 3,000엔을 집어주었다. 예의상 사양하는 뜻을 비치니까 "무슨 말 하는 거야! 내가 오늘 돈을 얼마나 땄는

데…. 이걸로 거기까지 가라니까" 하며 완강하게 주머니에 쑤셔 넣는다. 이 아저씨, 기분 내실 줄 아시네!

한마디로 파친코에서는 돈 딴 놈을 금방 알아볼 수 있다. 하지만 강도로 오해 받으면 안 되니까, 주변을 서성거릴 것이 아니라 주차장에서 기다리는 것이 요령이다.

## 자동차를 세워서 탈 때는 커브 길이 적당

신호 대기로 서 있는 차를 얻어 타는 방법도 있다. 아는 사람 중에 얻어 타기 업계에서 이름을 날리는 가케바야시(掛林)라는 남자가 있는데, 잠깐 얘기를 들어보니 얻어 타기는 운전수가 얼마나 차를 세우기 쉬운가에 달려 있다고 한다. 기본적으로는 신호 100미터 앞, 신호가 바뀌기를 기다리는 사이에 생각할 틈을 준다는 책략이 잘 먹힌다. 신호가 없는 시골길이라면 커브 길이 좋다. 예를 들어 오른쪽 커브라면 커브가 끝나는 지점의 왼쪽에 있으면 운전수가 보기에 정면이 되니까 눈에 띄기 쉽다. 즉 운전수한테 갑자기 눈에 띄는 것보다는 운전수가 세울까 말까 생각할 틈을 얼마나 주느냐가 관건이다.

한편 좀 거칠기는 하지만 소개하고 싶은 것이 도시형 얻어 타기다. 보통 우에노에서 긴자까지, 또는 신주쿠에서 나카노까지 이용하는 방법이다. 보통 큰길로만 쭉 달린다면 지하철을 타는 것보다 자동차가 빠르다. 밤중에는 얻어 탈 차를 잡기가 어렵지만, 막차를 놓쳤다면 얻어 타기로 귀가하는 방법도 없지는 않다. 요전에 신주쿠에서 술을 마시고 막차를 놓쳐 심야에 얻어 타기로 고엔지까지 돌아왔는데, 네거리에서 자동차를 잡았더니 의외로 운 좋게 다섯 번째 차에 탈 수 있었다.

일본 얻어 타기 협회의 H씨에 따르면, '배낭 여행자가 종이에 목적지를 써서 보여주고 트럭에 올라타는 것이 고전적인 얻어 타기라면, 이제부터는 거리에서 차를 세워 졸리면 자고 운전수가 마음에 안 들면 내려서 갈아타는 얻어 타기, 즉 교통기관의 하나로서 얻어 타기가 자리를 잡아야 한다'. 사실 상식적인 얘기일 따름이지만 실제로는 아주 중요하다! 너무 넉살이 좋아 뻔뻔스러운 것도 문제다. 태워준 사람에게 감사의 마음을 담아 인사를 하되 어디까지나 대등한 관계임을 잊지 말도록! 얻어 타기는 남에게 의존하거나 불편을 끼치는 행위가 아니라 '행선지가 같다→빈자리가 있다→나는 걷고 있다→빈자리에 앉혀달라'는 논리성과 합리성을 지닌 행위임을 머릿속에 집어넣어야 한다. 얻어 타기에는 정신무장도 중요하다!

# 입을 옷 구하기

의식주라는 생활의 기본 가운데 가장 곤란을 덜 느끼는 것이 옷이다. 돈이 없어 옷을 못 사 입고 벌거숭이로 다니는 사람은 별로 본 적이 없다. 아무거나 입어도 개의치 않는다면 재활용 가게나 벼룩시장에서 얼마든지 100엔짜리 옷을 사 입을 수 있다. 하지만 요 정도의 돈도 아깝다는 노랑이한테는 도대체 무엇을 소개해줘야 할까. 여하튼 더욱 값싸게 먹히는 작전을 생각해보자.

## 다른 사람 옷으로 갈아입자

먼저 특별한 비법을 알려주겠다. 친구네 집에 술 마시러 갔을 때 얼근하게 취기가 올라 다들 잠이 들거나 주사를 늘어놓으면 이때 혼란한 틈을 타 코트를 집어 입고 귀가하는, 이른바 막가파 기술이 있다. 하지만 이런 일은 상대를 잘 골라야 한다. 당연한 얘기지만 사이좋게 지내는 소중한 친구의 물건을 마음대로 걸치고 가버리면 싸움이 난다. 아무리 봐도 좋아 보이는 옷이라 들고 와서 공유물로 삼는 경우도 있겠지만, 웬만큼 신뢰가 없으면 친구끼리 이런 짓 하기는 좀 무리다.

나중에 속 시원하게 웃으려면 역시 적에게서 빼앗는 수밖에 없다. 술자리에서 밉상인 놈과 동석했을 때 이 작전을 활용해보자. '어떻게 하면 사람을 속여 돈을 벌 수 있을까' 같은 악랄한 이야기를 꺼내는 놈, "너희들, 성실하게 일하지 않으면 안 돼" 하고 설교를 늘어놓는 아저씨, "우리는 외국의 대기업에서 일하는데…" 하면서 "이 구두는 ××주고 샀어," "이 시계는 ◇◇ 브랜드야" 하고 자랑하는 외국인 등, 이런 패들과 자리를 함께했다면 작전을 개시하자. 그런 인간이 벌 돈으로 술을 마시다가 해롱해롱 술기운이 오를 즈음 그놈의 코트나 우산, 목도리 등을 몸에 걸치고 계산은 맡겨둔 채 자리를 뜨자. 구두는 무좀이 옮을 가능성이 있으므로 주의해야 한다. 자기가 입던 낡아빠진 재킷을 집어가는 옷 자리에 놓아두면 마무리까지 깨끗하다. 나중에 운 나쁘게 그놈과 딱 마주쳐서 욕을 먹더라도 "어? 그랬었나요?" 하고 얼버무리면 된다.

이 작전도 잘못된 방식을 취하면 범죄가 될 수 있기 때문에 상황을 잘 보고 실행해야 한다. 흥분한 나머지 신이 나서 지갑에 손을 댄다든지 현금카드로 돈을 인출한다든지 부자 늙은이의 금니를 전부 뽑아간다든지 하는 야비한 약육강식 논리의 행동을 시작하면 만화 『북두의 주먹』*에 나오는 것처럼 사는 게 힘들어지므로 그만두는 게 좋다. 기껏

★ 『북두의 주먹』: 원작 부론손(武論尊), 그림 하라 데쓰오(原哲夫)가 만든 소년만화 작품. 북두칠성으로 상징되는 전설의 암살 권법 '북두신권'(北斗神拳)의 전승자 겐시로를 그린 하드보일드 액션 만화. 무대는 199X년 마지막 핵전쟁이 끝나 문명의 질서가 없어지고 남은 자원(물과 음식)을 둘러싼 싸움이 되풀이되는 지구다. 폭력이 지배하는 약육강식의 세계를 그렸다.

하룻밤 내내 공을 들여 사장의 손목시계를 빼앗았더니, 다음 날 아침

사장이 "이제 보니 그 시계 내 거잖아?!" 하고 역습을 해오면, "아, 그렇게 보이십니까? 이거, 필요하세요?" 하면서 빠져나가자.

## 내 손으로 지어 입자

아무리 싼 옷일지언정 항상 몸에 걸치는 것인데 지나치게 허름한 옷은 입고 싶지 않은 법이다. 그렇다고 티셔츠 한 장에 5,000엔이니 1만 엔이니 하는 말도 안 되는 물건을 살 수는 없다. 이럴 때는 직접 만들어 입는 방법이 있다. 조금만 알아보면 주변에 양재를 배우는 사람이 얼마든지 있다. 이런 사람에게 밥이라도 사주면서 마음에 드는 옷을 한 벌 만들어 달라고 하자.

티셔츠 정도라면 얼마든지 스스로 염색이나 프린트를 할 수 있다. 미술에 취미가 있는 사람을 찾아 실크스크린 방법을 배워도 되고 티셔츠 프린트 기계를 사도 된다. 다만 이 기계는 턱없이 비싸니까 갖고 있는 사람을 찾든지 친구가 많으면 돈을 모아 사든지 할 것.

아무리 좋은 물건이라도 시시한 브랜드 때문에 돈을 쓰는 건 멍청하다는 얘기다.

# 자유롭게 미디어를 만들자

돈 들이지 않고 세상을 살아가려면 정보가 생명이다. 가난뱅이 혼자서 도시를 서성거려본들 돈이 떨어지고 나면 이러지도 저러지도 못한다. 결국 얼마나 정보를 풍부하게 갖고 있느냐가 삶의 질을 결정한다. "저기 가보니까 이런 게 있더라" "여기에는 이런 곳이 있더라" 하는 정보를 얼마나 입수하느냐에 따라 돈을 쓰지 않고도 잘 살아갈 수 있는 것이다.

그러나 이런 정보는 텔레비전이나 신문을 통해 절대 얻을 수 없고 책방에서 잡지나 책을 뒤적여도 마찬가지다. 역시 공식 미디어가 아닌 언더그라운드에서 돌아다니는 정보를 많이 접하는 것이 중요하다. 물론 아무 일도 안 하고 가만히 있으면 정보는 흐르지 않기 때문에 누군가 발신해야 한다. 따라서 미디어를 만드는 방법을 연구해두자.

## 신문과 잡지를 마음대로 창간하자

인터넷에도 정보는 넘쳐나고 있다. 그러나 제군, 활자를 만만하게 봐서는 안 된다. 실제로 접할 수 있는 쓸 만한 정보는 그것을 접했을 때 처한 조건이 다르기 때문에 그때마다 신선함도 다르다. 우선 자기가 하고 있는 일, 말하고 싶은 것, 연구하고 있는 것, 너무 하찮아서 잡지나 신문에서는 다루지 않는 것을 세상을 향해 날려보자. 이런 활동을 하다 보면 예기치 않은 곳에서 뜻 맞는 사람과 딱 마주치기도 한다.

보통, 상업 잡지는 매상을 올려야 하기 때문에 돈이 안 되는 기획은 싣기 어렵다. 당연히 스폰서한테 불만을 사서는 곤란하니 이런저런 제약이 많다. 세상에 상업신문이나 상업 잡지밖에 없다면 정말 따분하기 짝이 없을 것이다. 좋아, 이럴 바에야 멋대로 출판물을 간행해버리지, 뭐!

제작한 물건은 책방이나 잡화점, 아는 사람 가게에 부탁해서 놓아두기만 하면 된다. 위탁 판매를 하려면 매상의 30퍼센트 정도를 가게에 나눠주면 되는데, 적당히 부탁할 곳이 없다면 제4장에서 소개하는 '모색사'나 '타코세'에 상담해주기를 바란다. 전단지를 뿌리거나 통신판매를 하는 것도 좋은 방법이다. 마음 내키는 대로 해보자!

개인적으로는 기분이 날 때 『가난뱅이 신문』이라는 책자를 발행한다. 아는 사람 가게에 맡기거나 거리에서 멋대로 부스를 만들어 파는데, 1,000~2,000부 정도 팔린다. 이런 식으로 자유로운 유통도 해볼 만하다.


## 전단지와 선전지를 뿌려라


전단이나 선전지는 인터넷 정보처럼 전국 각지에 일제히 퍼뜨리는 것은 불가능하지만, 지역 한정판이라면 가장 참신한 선전 방법이다. 똑같은 이벤트 정보라도 인터넷 화면에서 주워 읽는 것보다 전단지를 줍거나 친구한테 건네받은 정보지를 읽는 쪽이 훨씬 머리에 남는다. 그러므로 가능하면 정보는 활발하게 인쇄해야 한다.

게다가 인터넷 정보의 경우는 흥미 있는 사람만 보지만 전단이나 선전지는 우연히 볼 수도 있고 강제로 보여주는 것도 가능하다. 가게 게시판이나 거리의 전신주, 벽 같은 데 붙여두면 어쨌든 눈에 들어온다. 라이브 하우스나 극장에 놓아두어도 좋다. 편의점이나 책방에 가서 잡지 속에 끼워놓는 것도 좋은 방법이다. 빌딩 위에서 뿌리는 수도 있으나 때와 장소에 따라서는 반감을 살 수 있으므로 한 치 허술함 없이 해주기를 바란다.

내가 즐겨 활용하는 방법인데, 주차해놓은 자전거 바구니에 전단지를 넣어 둔다. 그러면 어쨌든 한 번은 본다. 흥미 있는 사람은 들고 가지만 그렇지 않으면 근처에 버린다. 버려진 전단지는 바람에 날려 다른 사람이 집어 가기도 하고 남의 집 창문에 달라붙기도 한다. 이렇게 전단지는 저절로 재활용되기도 한다. 이거 괜찮네! 게다가 볼 사람은 다 봐주니까, 뭐 본전은 충분히 뽑는다!


# 인쇄는 싼값에 할 수 있다

인쇄는 시나 구의 관공시설을 이용하는 것이 신속하다. 대개 종이는 자기가 가지고 가서 인쇄기만 빌리는 시스템이다. 요금은 자치단체에 따라 각각 다르지만, 대개는 원가 이하로 사용할 수 있으므로 상당히 싼 편이다. 동네 인쇄소를 이용하면 제판(원판을 만드는 것)에 수백 엔이 들고 프린트 한 장에 1~2엔쯤 든다. 하지만 자치단체 시설을 이용하면 반값 이하로 뚝 떨어진다. 동사무소나 구청에 가면 반드시 인쇄에 관한 행정 서비스 안내 팸플릿이 있으니까 잘 읽어두자. 덤으로 다른 서비스 정보도 얻을 수 있다. 그 밖에 자치체가 돈을 내는 시설로 'ㅇㅇ 센터' 같은 곳이 있다. 예전에 도쿄 도의 '청소년 센터'에서는 30세 이하 활동가에게 무료 인쇄라는 훌륭한 서비스를 제공했다. 그러다가 이시하라 신타로(石原愼太郎)*가 도지사가 된 직후 폐지되었다(그놈은 정말 도움이

★ 이시하라 신타로: 1932년생. 2007년 압도적인 지지를 얻어 도쿄도지사에 취임했다. 매년 8월 15일에 야스쿠니 신사를 참배하고 '새로운 역사교과서를 만드는 모임'에 찬동하고 있다. 식민지 출신자를 가리키는 차별용어인 '삼국인'이라는 말로 외국인을 비하하고, '한일합방'이 자발적이었다는 둥 망언으로 물의를 빚기도 했다.

안 된다니까!). 또 자원봉사 활동을 위해서 아주 싼값에 이용할 수 있는 '자원봉사 센터'도 있다. 여하튼 여러 시설이 있으니 가까운 구청에 가서 찾아보고 자신들의 활동에 해당하는 지원 정책을 잘 활용해보자!

단지 문제는 대부분이 '지역 활동을 위해'라는 이용 조건이 있으므로 이것을 충족시키는 요령이 필요하다. 본래 자기가 사는 마을에서 다양한 활동을 펼치기 위해 정보를 제공하는 일은 충분히 지역 활동에 속하지만, 심심한 동네 아줌마들의 꽃꽂이 모임쯤으로 여기는 구청 공무원한테 가끔 거절당하는 경우가 있다. 또한 영리 목적으로 사용하는 것은 금지되어 있는데, 송곳도 안 들어갈 고지식한 공무원이라면 (행사 전단지에) 입장료를 썼다는 이유만으로 안 된다고 손사래를 친다. 이 양반아! 어딜 봐서 상업적이란 말이냐!

어쨌든 이쪽 사정이 급하니 몸소 부딪쳐보면 해결이 되기도 한다. 처

음부터 권리는 그렇게 되찾는 것이니까 되든 안 되든 떼를 써보자! 구청의 노망 난 할아방이나 히스테리 할망구의 기분에 따라 그런 지원 서비스를 못 받는 일은 참을 수 없다. 제군의 건투를 빈다!


## 종이 작전

인쇄할 방법을 찾았으면 종이를 구해야 한다. 홈센터 등 싸게 파는 곳을 알아두자. 친구 중에 일반 사무실에 다니는 사람이 있으면 만사형통이다. 남은 종이를 갖다달라고 해서 모아두면 얼마든지 인쇄에 충당할 수 있다. 예를 들어 아까 얘기한 『가난뱅이 신문』도 발행할 시기가 다가오면 "종이 좀 갖다줘" 하고 만나는 사람마다 부탁해둔다. 그러면 여러 곳에서 남은 종이를 가져다주거나 종이를 모아온다. 어떤 때는 클럽에서 일하는 여자애가 손님한테 종이를 사달라고 해서 2만 장이나 받은 적이 있다. 회사에 따라서는 이면지를 대량으로 건네줄 때도 있다. 한 면에만 인쇄한 선전지를 만들 때는 이것만으로도 충분하다.


## 인터넷 라디오 작전

인터넷도 의외로 쓸모가 있다. 스스로 사이트를 만들거나 UCC 같은 동영상을 올린 다음, 갖은 수를 써서 많은 사람들이 보도록 한다. 다만 인터넷으로만 끝내면 별 재미를 못 본다. 여러 가지 활동을 펼칠 작정이라면, 모니터의 화면 색깔만 바꾼다고 뭐가 되는 건 아니다. 또 인터 넷에서 친구가 늘었다고 해도 진짜 친구는 아니다. 오로지 인터넷은 정 보를 뿌리기 위한 수단으로 이용하는 것이 바람직하다.

인터넷을 찾아보면 간단하게 인터넷 라디오 서비스를 발견할 수 있 다. 컴퓨터와 마이크만 있으면 언제나 방송을 내보낼 수 있다. 다만 그 것만으로는 보통 라디오 방송국에 나가는 것과 다르지 않기 때문에 여 러 제약이 따른다. 당연히 광고가 끼어들고 음악이라도 좀 틀라치면 저 작권 문제가 발생할 뿐 아니라 법에 저촉되는 말을 하면 안 된다든지 해서 영 재미가 없다. 그럴 때는 자기 힘으로 해볼 수도 있다. 자신의 컴퓨터를 서버로 삼아 인터넷으로 방송을 흘려보내는 것이다. 라디오 방송을 위한 소프트웨어는 전부 무료로 내려받을 수 있다. 자세한 사항 은 컴퓨터를 잘 아는 친구에게 물어보라.

이러면 만반의 준비는 갖춘 셈이다. 인터넷만 연결되어 있으면 어디 서나 들을 수 있으므로 그 다음은 얼마든지 방송이 가능하다. 이벤트 정보만 내보내도 좋고 세상에 대한 불평을 터뜨려도 상관없다. 자신의 밴드음악을 흘려보내도 되고 라이브나 토크 이벤트를 생중계할 수도 있다. 사용하기에 따라 재미가 여간 쏠쏠한 게 아니다. 목소리를 통한 전달은 친근감을 주기 때문에 효과가 적지 않다. 이거야말로 꼭 해볼 만하다.

제2장

# 거리를 휩쓰는
## 무적의 대작전

앞 장에서는 돈이 없어도 어떻게든 해볼 만한 작전을 살펴보았다. 들뜬 나머지 한달음에 거리로 뛰쳐나가려는 가난뱅이 제군, 잠깐만 진정하게! 신발 좀 벗고 내 말 좀 들어보시게!

앞에서는 이른바 개인적인 차원에서 해볼 수 있는 일을 말했는데, 우리 가난뱅이가 돈을 들이지 않고 생활하는 기술을 몸에 익힌다고 낮은 월급과 비싼 방세로 가난뱅이한테 돈을 뜯어내는 사회 시스템이 변하는 건 아니다. 오히려 돈이 들지 않는 기술을 너무 잘 습득해서 "야아, 한 달에 5만 엔만 줘도 돈이 남는단 말이지!" 하는 소리까지 나오면, 임금이 5만 엔으로 깎일 염려도 있다! 어라, 그건 안 될 말이지!

그래서 이번에는 인맥, 지연 등을 활용하여 광범위하게 살기 좋은 공간을 만드는 작업에 돌입해보자. 지역 전체, 가난뱅이 전체의 자급자족 작전! 요컨대 직장, 놀이터, 집이라는 공간 개념을 뒤집기 위해 황당한 공간을 만드는 것이다. 요것도 조것도 전부 내 손으로 해낼 수 있다면 세상에 무서울 게 없다.

이 말을 듣고, "히피 코뮌을 말하는 건가?" 아니면 "아나키스트들의 자급자족 공동체?" 하고 질문을 날리는 제군! 어리석은 자여, 내가 그렇게 대단한 이야기를 할 것 같은가! 그게 아니라 옛날 옛적에 덜 떨어진 장사꾼들이 모여 오순도순 꾸며봤던 널널한 공동체 같은 걸 말하는 거다. 여하간 지금 고엔지에서 벌어지는 재활용 가게를 비롯한 '아마추어의 반란'을 예로 들면서 가난뱅이가 세상을 거스르는 작전을 생각해보자.

# 아마추어의 반란

우리 가난뱅이가 거리를 뻔뻔스럽게 활보하려면 가게가 없어서는 안된다. 괜히 자유 공간이나 사무소를 마련하여 웅성대는 데 그친다면, 모두 거리에서 객사할 운명으로 끝날지도 모른다. 어차피 거처를 마련하려면 수입도 생기면서 물건을 매매하는 '가게'를 열어보자.

가게를 운영하다니 힘들지 않겠나 하는 인상을 받기 쉽지만, 정작 해보면 별것 아니다. 결국 어떻게든 되니까.

지금 고엔지 기타나카(北中) 거리의 상점가를 중심으로 재활용 가게, 헌옷 가게, 카페 등 점포 7개를 운영하며 인터넷 라디오와 대안학교 '아마추어 대학'을 세운 '아마추어의 반란'(素子の乱)을 소개해보겠다.


## '아마추어의 반란'의 역사

우선 내 얘기부터 하자.

'아마추어의 반란'을 시작하기 전에는 재활용 가게에서 아르바이트를 했다. 본래 벼룩시장이나 외국의 시장, 별난 물건이나 잡화를 좋아해서 학생 시절부터 시작한 아르바이트였는데, 하다 보니 재미가 붙어서 오랫동안 계속하게 되었다.

재활용 가게 몇 군데를 전전하며 일을 했는데, 그중에서 마지막에 일한 다카다바바(高田馬場)에 있는 오고토*야(大事屋, 이름부터가 황당하다)

★ 오고토: 중요한 일 또는 대사건이라는 뜻.

가 참 좋았다. 그전에 일하던 곳은 도쿄 시내에 십수 군데 점포를 갖고 있는 대규모 점포라서 작업이 세분화되어 있었지만, 오고토야는 개인이 운영하는 작은 가게라서 가게 지키기, 손님 받기부터 물건 사오기, 배달, 수리, 시장에서 업자들과 거래하는 것까지 전반적인 업무를 다 볼 수 있었다. 그래서 "오호, 이렇게 해서 가게가 돌아가는구나" 할 정도로 사정을 속속들이 알 수 있었다.

게다가 재활용 가게는 손님과 거리감이 별로 없어서 아는 사람이 불어났다. 이즈음부터 밥벌이 수단으로 재활용 가게를 해도 좋겠구나 생각하기 시작했다.

여담이지만, 오고토야의 N 사장님이 참 별난 분이라 아르바이트를 시작했을 무렵에는 무슨 일 때문에 교도소에 가 있었는데 얼마 안 되어 출소하셨다. 머리끝에서 발끝까지 '방송 불가'를 선언하는 듯한 사람이라서 상세한 이야기는 하지 않겠지만, 어쨌든 범상한 사람은 아니었다. "뭐, 두 손 들었습니다" 할밖에…. 손님뿐만 아니라 업자들까지 인재가 풍부하다는 점이 재활용 가게의 매력이었다.

그런 생각을 하면서 일하다가 도토리신샤(飛鳥新社)에서 책을 출판하자는 제의가 온 적이 있었는데 미련을 떨치고 거절했다. 수입이 끊기면

'아마추어의 반란' 5호점 앞에서. 마쓰모토 하지메.

곤란했으므로 친구와 창고를 하나 빌려 작은 트럭을 사고(이란으로 수출하는 중고차로 "너무 낡아서 필요없다"고 내던진 것을 무지 싸게 사버렸다), 무점포 영업을 시작했다. 우선 "불필요한 물건을 삽니다" 하는 전단지를 뿌리고 의뢰가 들어오면 사러 다녔다. 사온 물건은 인터넷이나 1주일만 빌릴 수 있는 가게에서 팔아치웠다.

무점포로 시작한 지 거의 반년이 되었을 무렵 가게 없이 장사하기는 힘들다는 생각을 하고 있었는데, 2005년 4월 친구 야마시타 히카루(山下陽光)에게서 "고엔지에서 가게를 빌릴 수 있을지도 모른다"는 소식을 들었다(결국 이 시점에는 책을 낼 형편이 아니라서 단념한 것이다. 미안했수다, 도토리샤!).

야마시타 히카루도 빚을 받아내는 해결사 아르바이트를 하면서 고엔지의 아는 사람 가게 구석에서 헌옷 가게를 열었다. 그러더니 결국에는 "100엔 숍에 대항할 수 있는 것은 공짜 숍밖에 없어" 하고 알아듣지도 못할 말을 하더니 고엔지 역 앞에서 매주 토요일 아무것도 안 팔고 아무것도 하지 않는, 다시 말해 장소만 덩그렇게 있는 '마당 뿌'라는 '가게'를 열고 매주 사람들을 모아 술을 마셨다. 그때 고엔지의 기타나카 거리 상점가에서 헌옷 가게를 하던 야마시타의 친구가 "우리 상점가에 빈 가게가 있는데"라는 이야기를 해주었다. 그래서 둘이 기타나카 거리에 알아보러 갔다.

## 고엔지 기타나카 거리의 상점가로

실제로 가보니까 웬걸! 기타나카 거리의 상점가는 셔터가 내려져 있었고 당시 상점 회장인 쌀집 아저씨도 "어차피 비어 있으니까 쓰게나!" 하고 선심을 쓰셨다. 더구나 "보증금도 사례금도 안 내도 좋다네. 방세? 글쎄, 아무래도 좋은데" 하시며 적정한 가격 설정! 이거이거, 웬 떡이냐! 팔 걷어붙이고 해볼밖에! 그래서 헐릴 예정인 가게를 월 5만 엔에 3개월 빌리기로 했다. 둘이서 공동으로 빌렸으니 한 사람당 개업 자금은 단돈 2만 5,000엔인 셈! 지화자!

나중에 들은 얘긴데, 마침 그때 기타나카 거리 상점가에는 오래된 가게들이 문을 닫으면서 빈 점포가 많아졌다고 한다. 심지어는 가게 자리에 다세대주택을 짓는 등 상점가가 시들시들 쇠퇴해가던 시기였기에 "어차피 비어 있다면 젊은 놈들한테 쓰게 해서 조금이라도 분위기를 바꾸어볼까?" 하고 상인들이 의논하던 중이었다고 한다. 흠, 정말 절묘한 타이밍이었다! 될 놈은 된다니까!

그래서 친구하고 헌옷과 재활용 가게 '아마추어의 반란 1호점'을 개점. 헐릴 건물이라 벽에 구멍이 난 상태였지만 모두들 도와주어 보수와 인테리어를 마쳤다. 가게 바닥에는 인공 잔디를 깔았고 구석에는 유리로 라디오 스튜디오를 설치했는데, 때때로 그곳은 술집이 되기도 했다.

이렇게 아나키즘적인 공간을 만들어놓고 매일 저녁, 인터넷 라디오 방송을 생중계하고 이웃의 말뼈다귀 같은 놈들을 모아 술을 마시다 보니까, 혼돈과 에너지가 넘치는 가게가 되었다. 바야흐로 아마추어의 반란이 시작된 것이다.

## '아마추어 대학' '주간 아마추어의 반란'

그 다음은 이 책 끝자락에 실은 연보에 있는 그대로다. 아는 사람, 지나가다가 동료가 된 사람 등이 차례로 점포를 개업했다. 이런 식으로 어느 새 12호점(이사할 때마다 번호가 자동적으로 바뀌므로 실제로는 일곱 점포)에 육박하기에 이르렀다. 더욱이 어병한 친구들이 자꾸 나타나서 '나도 할래' '나도 하고 싶어' 하며 나서는 추세인 만큼 개업 행진이 멈출 것 같지 않다.

이렇게 커뮤니티가 활발하게 생기면 가게뿐만 아니라 여러 가지 기획도 따라온다. 영화를 좋아하는 사람들이 모여 '아마추어 영화관'이라는 이름으로 영화 상영회를 거리에서 개최한다. 또 5호점에서 세탁기를 산 미국인이 영어회화 교실을 연 것을 계기로 모두들 멋대로 강좌를 열기 시작하여 '아마추어 대학'도 출범했다. 개그콘서트 무대나 무도회장으로 가게 공간을 사용하기도 하고, 공공연히 거리가 떠들썩하게 거리 이벤트를 한판 펼치기도 한다(여기에 대해서는 다음 장에서 얘기해 줄 테니 잠깐만 기다려!).

실은 '아마추어의 반란'의 원조는, 기타나카 거리에 사는 오가사하라 게이타(小笠原瓊太)라는 놈이 가게 열기 1개월 전에 시작한 인터넷 라디오 프로그램이다. 이것도 가게를 연 이후, 각 가게의 주인과 '아마추어의 반란' 언저리를 맴도는 놈들이 프로그램을 만들기 시작하여 오늘에 이르고 있다. 물론 매일같이 생방송을 내보내고 있다. '주간 아마추어의 반란'은 매주 발행하는 무가지다.

이렇게 되면 누가 무엇을 하는지, 누가 아마추어의 반란이란 이름을 붙였는지 도무지 알 수 없는 지경에 이른다! 이봐, 이미 내 손을 떠났다구! 이크, 일냈구먼!

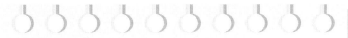

## 〈칼럼〉 기무라 할아버지

　재활용 가게라는 업종은 보통 물건을 파는 가게와는 달리, 구매하고 팔고 수리하고 배달하는 다양한 과정이 있기 때문에 손님과의 관계도 자연히 밀접해진다. 그 전형적인 손님이 기무라 씨(물론 가명!)다. 근처에 혼자 사는 할아버지인데 월말에 돈이 떨어지면 물건을 팔고 월초에 돈이 들어오면 그것을 다시 사러 오신다. 이 할아버지, 우리 가게를 전당포로 완전 착각하고 계신 모양이다.

　기무라 씨는 요 며칠 전에도 "이봐, 주인 양반, 이 전기포트 좀 사지 않겠어?" 하면서 가게에 고개를 내밀었다. 언제나 자명종 시계를 갖고 오곤 하지만, 이번 달에는 이미 자명종 시계를 팔았기 때문에 결국 전기포트까지 팔려고 하는 모양이다. "애고, 이번 달은 돈이 없어. 좀 봐주게나" 하며 할아버지는 매달린다. 이번 달은 기무라 씨가 내다 판 물건이 많은 것 같아서 "이거 참 어쩐다…. 다음 주에 다시 사러 오실 거잖아요? 그만두세요. 손해 보실걸요" 하고 충고해드렸다. 그래도 "괜찮아! 오늘 꼭 돈이 필요하단 말이야!" 하고 완강하게 버티기에 할 수 없이 전기포트를 400엔에 사버렸다.

　그러자 기무라 씨는 그길로 담배 가게로 달려가더니 기분 좋은 듯이 담배를 한 대 피워 무는 것이었다! 그 모습이 보기 딱해 "할아버지, 그러면 아깝잖아요. 담배 좀 참으면 어떠세요?" 하고 말을 걸었더니 이렇게 중얼거린다. "아니야, 무슨 일이 있어도 꼭 피우고 싶었단 말이야!!"

　기무라 씨 마음에 쏙 드는 자명종 시계는 우리 가게를 현재까지 약 15회 왕복, 전기포트는 약 3회 왕복을 기록한다. 우리 가게는 전당포가 아니므로 구입하면 바로 상품이 되어버린다. 한번은 그 자명종 시계를 다른 손님이 사 간 적이 있다. 다음 달 초가 되니까 언제나처럼 기무라 씨가 그것을 다시 사러 왔다. 그는 "뭐라? 팔렸다고? 하, 이거 큰일 났네" 하며 정신 나간 표정을 짓고 돌아가셨다.

　그런데 월말이 되니까 "꼭 마음에 드는 시계였거든…. 그래서 똑같은 걸 샀어!" 하며 똑같은 물건을 팔러 왔다! "그렇게 마음에 드는 물건이면 팔지 마세요" 했더니 "아닐세. 오늘 꼭 돈이 필요해서 그러네" 하며 똑같은 말을 되풀이한다. 그래서 구입을 해주긴 했지만 도저히 남한테 팔 기분이 아니다. 그래서 최근에는 구입하자마자 곧 '이미 팔린 물건입니다'라는 쪽지를 붙여 선반 구석에 보관해둔다.

　이보세요, 기무라 할아버지, 하루빨리 무계획적으로 돈 쓰는 버릇 좀 고치세요! 여긴 전당포가 아니라구요!!

(『주민과 자치』 2007년 10월호)

# 재활용 혁명

자, 가난뱅이 동지 여러분, '아마추어의 반란' 5호점에서는 재활용 가게를 운영하는데, 물론 우연히 그렇게 된 것은 아니다. 여기에는 무지하게 쌈빡한 의의가 있다. 부자들을 때려눕히고 우리들 별 볼일 없는 계급이 활개를 치려면 재활용 가게가 얼마나 중요한지 소개하려고 한다.

## 바가지 씌우는 경제와는 다른 방법

### 가난뱅이 계급의 물자 센터

왜 그런지는 모르겠지만 세상에는 바가지 씌우기가 만연하고 있다. 아무 생각 없이 거리를 걷다 보면 이래저래 주머니를 털릴 것만 같다. 노는 날 신주쿠 근처를 걸으면, 이거요 저거요 권하는 요도바시 카메라*

★ 요도바시 카메라: 각종 전자제품을 구비하여 판매하는 대표적인 전자 종합상점 중 하나.

의 홈시어터 체험 코너 같은 데 말려든다. 그러면 그렇게까지 갖고 싶은 것도 아닌데 괜히 갖고 싶은 마음이 울컥 들어 충동구매를 하고 만다. 결국 카드 할부에 얽매여 빚쟁이가 된다! 아니면 코가 삐뚤어지게 술을 마신 후 취해서 돈키호테라도 된 기분으로 사버린다. 아침에 눈을 떠보면 기억도 못하는 사이에 사버린 정체불명의 물건을 꼭 쥐고 바닥을 뒹굴던 경험도 없지 않을 게다. 내 원 참! 방심했다구? 틈을 보였다구? 이런 망할! 도대체 어쩌란 말이야!

그러나 제군, 진정하게! 우리에게는 중고품이라는 강력한 아군이 있네. 신상품은 돈 많은 놈들이나 사라고 하세! 그리고 잘 생각해보자구. 회사에서 눈이 핑 돌도록 일하고 시간이 없어서 일손 더는 세탁건조기를 갖고 싶다고? 일에 쫓겨 생활이 불규칙해지니까 건강기구를 산다고? 출근길 지하철에서 쾌적하게 음악을 듣기 위해 iPod를 마련한다고? 이것저것 물건을 사들여 방이 좁아지니까 이번에는 PDP가 갖고 싶다고? 결국 생산자는 필요 이상으로 생산해야 하니까 잔업이 줄어들 리가 없지. 이거 말이 된다고 생각하냐? 제길… 정도껏 해두라구. 신품은 돈이 남아서 쩔쩔매는 부자들이나 사라고 해. 그런 놈은 헤헤 속아서 정신없이 새것을 사고 헌것을 버리니까, 우리는 그런 바가지 씌우는 경제 시스템에서 밀려난 것, 즉 중고품을 모아서 가난뱅이의 재산으로 돌고 돌게 하면 된다구.

그래! 거리의 재활용 가게는 가난뱅이 계급의 물자 공급 센터가 될 수 있어! 어때, 놀랐지?

### 지역에서 물건을 싸게 돌린대(신품은 부자나 사라고 해)

우선 근처에 재활용 가게가 있으면 물건을 싸게 살 수 있다. 옷, 잡화, 가구, 전자제품 등 흔히 주변에 있을 법한 것은 거의 갖추고 있다. 좀 좋은 것이나 꼭 사고 싶은 물건이 따로 있다면 새것을 사겠지만, 쓰는 데 아무 문제없는 물건 하나하나에 돈을 들일 수는 없다. 예를 들어 냉장고란 모름지기 시원하게 보관만 할 수 있으면 된다고 생각하면, '아마추어의 반란' 5호점에 가보라. 3,000엔짜리 냉장고가 있을 때도 있다. 얼씨구! 새 냉장고를 사려면 2만 엔은 드니까 1만 7,000엔이 남는다. 결국 신나게 쓸 수 있는 돈이 생긴다. 아르바이트 시급을 800엔으로 계산하면 1만 7,000엔을 버는 데 20시간 정도 걸리므로 2~3일은 놀고먹어도된다! 그뿐인가. 냉장고가 아니라 텔레비전, 세탁기, 가구까지 계산하면 돈이 허벌나게 남아 엄청 놀고먹을 수 있다. 이야, 이거 눈 돌아가네!

### 바가지 씌우는 경제에 대항하는 수단

한편 지역에 재활용 가게가 있다는 것은 정말 바람직하다. 물건이 필요 없게 된 사람과 그 물건을 갖고 싶은 사람을 연결해주는 센터가 되기 때문이다. 가게가 없으면 고작 아는 사람에게 주는 방법밖에 없겠지만, 센터가 있으면 금방 필요로 하는 사람에게 전달할 수 있고 자기가 갖고 싶은 물건도 금방 찾을 수 있다. 일부러 도심지에 나가 물건을 산다음 배달시키는 낭비를 할 필요도 없다. 가까운 곳에 내게 필요한 무언가가 있을지 모르니까.

이렇게 지역에서 물건이 돌고 돌게 되면 소니(SONY)나 덴쓰(電通) 연합군에게 바가지를 쓸 염려도 없다. 흠, 이거야말로 알찬 일이 아닌가!

여기까지 읽은 가난뱅이 제군, 잠깐 이런 생각도 좀 해보게나. 재활용 가게를 중간에 끼고 물건이 아무리 돌아다닌다 해도, 재활용 가게의 매상이 아무리 올라간다 해도, 이런 행위는 가난뱅이를 등쳐 먹는 바가

지 경제 시스템에 조금도 기여하지 않는다는 사실을! 이거 대단하지 않은가! 중고품을 사거나 필요 없는 물건을 파는 행동이 곧바로 바가지 씌우는 경제에 대한 저항이 된다는 말이다! 동네 할머니가 "어머, 이거 왜 이렇게 싸" 하고 중고 주전자를 사 가는 것이 반체제 행동이 될 수도 있다! 얼씨구!

'물건을 아껴서 써야 한다'든지 '버리지 말고 고쳐 쓰자'는 말은 아주 지당하지만, 반체제라니 무슨 개뼈다귀 같은 소리냐고? 잘 듣게, 지금의 경제 시스템 나부랭이는 당장 부숴버려야 한다는 말이다! 어이, 가난뱅이 제군! 들고 일어나자! 봉기의 때가 왔단 말이다! 재활용 가게에 불필요한 물건을 팔러 가자!

(덤) 한 가지 말해두겠는데, 재활용 가게 자체가 바가지를 씌우는 경

우도 있으니까 주의해야 한다. 재활용 가게인 주제에 으리으리한 대형 체인점을 냈구나 하는 생각이 드는 찰나, 번드르르하게 차려 입은 사장이 손가방을 옆구리에 끼고 나타나서는 "오늘 매상, 어때?" 하고 지껄이는 것을 목격한 적은 없는가? 이보시오, 바가지 재활용 가게 양반님들, 가난뱅이를 적으로 몰다가 좀도둑 공격이나 동전으로 벤츠 긁기 같은 테러를 당해도 난 몰라! 얌전하게 항복하는 게 어떠신지! 일 커지기 전에 두 손 드는 게 좋을걸!

## 수리와 개조 등 물건에 관한 자치

재활용 가게를 하다 보면 가장 많이 듣는 불만이 "뭐야 이거. 공짜로 들고 온 물건을 비싸게 팔아서 돈을 벌고 있잖아. 봉이 김선달이 따로 없구만" 같은 말이다. 끄응… 재활용 가게를 만만하게 보시면 곤란하지. 그냥 파는 게 아니라 수리나 개조도 한다구. 상태가 안 좋은 전자제품이나 간당간당한 가구는 가능한 한 고치려고 노력한다. 레코드나 선풍기 커버를 가지고 뚝딱뚝딱 시계를 만들기도 하고, 부서진 선반에 다리를 달아 테이블로 개조하기도 한다. 여하튼 당치도 않은 개조를 시도해서 쓰레기를 상품으로 탈바꿈시키는 것이다. 그런데 이렇게 주정뱅이가 만든 것 같은 물건을 손님들이 아주 좋아한단 말씀이다.

물론 전자제품을 전문적으로 수리하려면 제조회사로 들고 가야 하지만, 할 수 있는 범위에서는 우리 손으로 직접 고친다. 옛날 노친네들은 전기공구나 나무 조각 같은 온갖 잡다한 DIY 공구를 갖추고 있었는데,

복잡한 현대 사회에서 그렇게까지 하는 것은 이상에 불과할 것이다. 대도시의 좁은 방에 살면서 공구까지 머리에 이고 살 수는 없을 테니까. 수리 센터의 기능을 별로 담당하지 않는 요즘 재활용 가게와는 달리, 우리는 불필요해진 물건을 수리하고 개조해서 필요한 사람에게 건넨다.

자기 지역에서 물건이 돌고 돌 때 수리와 개조가 이루어진다는 것은, 중고품이 우리 손에 들어온 다음에는 어떻게든 우리 손으로 새롭게 태어난다는 말이다. 결국 물건에 관한 자치가 이루어지는 것이다. 얼씨구, 이거 좋잖아. 대기업이 설칠 자리가 없어진다구!


## 봉기에 쓸 물자를 손에 넣자


드디어 직접적인 방법을 소개하겠다.

기본적으로 우리 가난뱅이는 돈이 없기 때문에 물건도 별로 소유하고 있지 않다. 멋대로 이벤트나 축제, 반란을 신나게 일으켜보려고 해도 이것저것 힘든 일이 많다. 갑자기 아이디어를 내고 물자를 모으려면 밥상이나 널판지를 가져오는 치들도 있다. 이거이거, 정신 차리자. 이래서는 죽도 밥도 안 된다구!

그러나 잠깐! 재활용 가게를 우리 편으로 만들면 뭐든지 물건이 저절로 굴러들어온다. 예를 들어 역 앞에서 신나는 음악을 연주하는 간이 음악회를 열고 싶다고 치자. 그러면 창고에 가서 발전기, 앰프, 스피커 등을 가져오면 간단히 설비가 갖추어진다. 운반이 힘든 경우라도 평상시 중고품 매입이나 배달에 사용하던 트럭을 가져다가 실어 나르면 그

만이다. 제3장에서 자세하게 보고하겠지만 역 앞에서 한판 축제를 벌이곤 하는데, 물자는 거의 다 우리 힘으로 조달한다.

또 고엔지 근처에는 연극이나 영화를 만드는 사람이 꽤 있다. 그들은 소품을 찾으러 자주 돌아다니는데, 당연히 이런 가난뱅이 극단이나 영화감독은 100퍼센트 돈이 없기 때문에 재활용 가게를 찾아 들어온다. 그런 사람에게 백화점이나 덴엔초후(田園調布)*의 저택 근처에서 물건

★ 덴엔초후: 도쿄 도 오타 구 북서쪽 끝에 있는 지명. 1910년대 도시계획에 의해 개발된 고급주택지.

을 빼내는 게 어떠냐고 권해보기도 하지만, 그렇게 못하는 경우가 많기

때문에 무료로 빌려주거나 한다. 촬영 때문에 물건을 일부러 구입한다는 것은 말이 안 된다. 전에도 말했지만 재활용품은 부자들이 쓰다가 내놓은 것이므로 이미 가난뱅이 사회의 공유재산이나 마찬가지다. 그러니 마음껏 사용하란 말이다. … 그런데 이렇게 말하면 모두들 몰려올 것 같은데, 거 말이야, 어디까지나 정도껏 하자구! 알았지?

저번에 친구 집이 불에 홀라당 타버려서 벌거숭이로 거리에 나앉은 것을 도와준 적이 있다. 연식이 오래되거나 상태는 안 좋지만 쓸 수 있는 생활용품을 모아서 공짜로 갖추어주었단 말이지. 약간 얘기가 빗나가는데, 요전에 이스라엘이 레바논을 공격해서 거리를 폭삭 부수고 도망간 적이 있었는데, 이 와중에 레바논 정부는 처참한 지경에 놓인 서민들에게 아무것도 해주지 않았지만 헤즈볼라라는 민병조직은 하나부터 열까지 서민을 보살펴주었다고 한다. 그래서 사람들이 정부보다 게릴라 조직을 신뢰했다지 아마. 이거 보라구, 민병조직에 비교할 수는 없겠지만 세탁기를 가져다주는 '아마추어의 반란'이 결국 수속 절차만 까다롭고 하등 도움도 안 되는 정부보다는 믿음직스럽지 않느냐는 말이야!

어떻든 물자가 모여들면 이곳저곳에 나누어 쓰면 된다. 경영이 어려워진 가난뱅이 가게 주인이나 회사에서 쫓겨나기 직전의 회사원, 열심히 혹사당해서 움직일 힘도 없는 프리터(フリ―タ)*라고 꿈틀거리지 말

★ 프리터: '프리'(free)와 '아르바이터'(Arbeiter)를 조합해서 만든 신조어. 일정한 직업 없이 아르바이트만으로 생계를 유지하는 젊은이를 말한다.

란 법은 없다! 아자 하고 주먹을 불끈 쥘 때 못 쓰게 된 가구로 만든 몽둥이라도 나누어주자! 모두들 신이 날 것이다. 아자! 아자!

# 지역에서 연대하며 살아가자

자, 가난뱅이가 세상을 살아나가려면 지역의 연대나 인맥이 중요하다는 것은 누누이 말해왔다. 지금 같은 세상에서 가난뱅이는 무슨 짓을 해도 손에 돈 쥘 날이 없으므로 혼자서 헤매다가 죽지 않으려면 부자나 돈 주는 사람이 시키는 대로 해야만 한다. 어째 배알이 틀린다.

진짜 일할 능력이 없는 사람은 생활보호나 복지제도 같은 행정에 기대는 방법도 있지만, 나라 사정이 안 좋아지는 순간 굶어죽을 수도 있는 방법인 만큼 별로 믿음직스럽지 않다. 어느 날 수상이 책상다리를 하고 "돈 못 주겠어! 아무리 야단을 떨어도 못 준단 말이야!! 삶아 먹든 구워 먹든 맘대로 해!!" 하고 손바닥 뒤집듯 딴소리라도 하는 날에는 어쩌겠는가. 이 책은 '가능한 한 제멋대로 살아가기'를 주제로 삼고 있으므로, 남의 힘을 빌리기보다는 "가난뱅이가 뭉치면 어떻게든 살아갈 방도가 생기지 않겠는가?" 하는 작전을 챙기고자 한다.

그럴 때 상점가를 비롯한 지역이 무지 중요해지는 거다. 거리에서 가난뱅이가 살아가는 작전을 궁리해보자!

# 상점가 작전: 필요한 물건은 뭐든지 있다

우선 상점가. 생활공간으로서 상점가는 매우 중요하다. 주택지에 사는 사람들이 물건을 사러 상점가로 모여든다. 이런 인간관계가 밀집한 곳에 가난뱅이가 살아갈 수 있는 비결이 숨어 있기 때문에 활발하게 이용해야 한다.

미리 충고해두고 싶은 게 있다. 어쩌다가 도쿄의 오다이바(お台場)★

★ 오다이바: 도쿄만에 있는 대규모 인공섬으로 1800년대 방어 목적으로 조성되었고, 1990년대 이후 상업, 레저 및 주거 복합지구로 발전하였다.

처럼 상점가도 뭣도 아니고 쇼핑센터와 대규모 아파트가 늘어선 삭막한 거리에 살고 있는 제군! 그곳은 우리 가난뱅이 어중이떠중이가 살 동네가 못 된다. 그런 곳에서 눈치 보며 서성거린다 한들 힘든 일로 허덕거리거나 끼닛거리가 없어서 굶어죽게 생겨도 아무도 도와주지 않는다. 가난뱅이한테는 아주 위험한 곳이므로 한시라도 빨리 빠져나오도록 하자!

자, 상점가는 기본적으로 개인 상점이 모여 있는 곳으로 여러 업종이 빼곡하게 차 있다. 이 말은 힘든 일을 당해도 스스로 뭔가 해볼 수 있는 사람이 많이 있다는 것이다. 음식점이 있으니 먹고 마시는 것 걱정 없고, 고깃집이나 채소 가게가 있으니 먹을 것 걱정도 없다. 레코드 가게가 있으면 음악을 들을 수 있고 철물점이 있으면 전기공사나 수리가 가능하며 인테리어 가게가 있으면 집을 고칠 수 있다. 이런 사람들과 사이좋게 지내면 절대 손해는 안 본다. 우리 편이기 때문이다.

# 단골 작전

집 근처에 상점가가 있는데도 활용하지 않는다면 아깝기 짝이 없다. 우선 어떤 가게를 점찍어 사이좋게 지내자. 개인 상점은 대형 마트와 달리 손님을 기억해주기 때문에 카페, 바, 생선 가게, 두부 가게 등 몇 번만 얼굴을 내밀면 금방 아는 사이가 된다. 한가한 대낮에 가서 세상 돌아가는 이야기라도 나누면 된다. 그러는 사이 이웃 가게나 같은 물건을 취급하는 가게로 관계가 넓어지기 때문에 그만큼 아는 사람이 많아진다. 1년에 몇 번 열리는 이벤트에 놀러 가기만 해도 이로써 군소리 없이 상점가 군단과 한패가 될 수 있다.

고엔지의 '아마추어의 반란'도 마찬가지다. 우리 가게가 있는 기타나카 거리 상점가에는 아는 사람이 많기 때문에 아무 일 없이 상점가를 지나는 날이 드물다. 덕분에 남아도는 음식을 받아올 때도 있고 밤중에 근처에서 수리공 아저씨를 만나 고장 난 기계를 고치기도 한다. 심야에 취해서 갈짓자 걸음을 걷고 있는 국수집 아저씨가 기분이 좋아서는 돌연 "좋았어! 너희들 내가 한턱내지!" 하고 된장졸임 가락국수를 만들어주기도 한다(이건 실화! 게다가 횟수도 잦다!). 하이고, 고마워서 어쩐다!

음, 이런 일은 오다이바처럼 겉만 번지르르하고 눈 감으면 코 베어가기 십상인 미래도시에서는 좀처럼 구경 못 할걸…. 금방 계산속이나 따지고 바가지 씌울 궁리나 하는 인색한 대형 상점과는 비교할 수 없는, 인정이 넘치는 곳이다.

# 벼룩시장 · 요세 작전

'아마추어의 반란'은 기타나카 거리 상점가에 몇 개인가 점포를 낸 만큼 곁에서 보면 꽤 발이 넓은 듯이 보인다. 하지만 실은 영업한 햇수만 따져도 밑바닥에서 시작해 고릿적부터 영업을 해온 아저씨들 가게하고는 비교도 할 수 없다. 그래서 이 몸이 이 책에서는 세상일에 대해 이러니저러니 잘난 척하며 불평을 나불대고 있지만, 상점가의 이벤트가 있을 때는 말단 심부름꾼일 뿐이다. 어이 젊은이, 호롱불이나 달아놓게, 도로에 붙은 껌 좀 떼어내게 하고 분부하시면 예, 예 하며 시키는대로 한다.

기타나카 거리의 정기 행사인 '벼룩시장 축제' 때도 그렇다. 기타나카 거리에서는 1년에 몇 차례 부정기적으로 상점가 노상에서 벼룩시장을 열어 상점가와 지역의 활성화를 꾀하고 있다. 그러면 당연하게도 최하층에 위치한 우리에게는 일거리가 엄청나게 많아진다. 전단지를 뿌리고 간판을 세우고 급기야는 자비로 인건비를 충당하여, 장소 및 벼룩시장을 준비한다. 요세(寄席)★ 등 실내 이벤트를 열 때는 대개 '아마추

★ 요세: 사람을 모아 돈을 받고 재담, 만담, 야담 등을 들려주는 대중적 연예장.

어의 반란' 중 한 점포를 연회장으로 삼는 경우가 많은데, 그러면 가게의 상품을 전부 치우고 무대와 객석을 마련한다. 정말? 그렇다니까! 그럴 땐 매상이 빵(0=제로)이 되는거!

마치 제비에서 꽝을 뽑은 듯이 보일지도 모르겠지만, 그렇지도 않다. 심부름을 하는 사이에 아는 사람도 늘고 혼잡한 틈을 타서, 하고 싶은 이벤트를 열 수도 있다(라이브 같은 것은 불평을 사는 일도 많지만…).

가게를 운영하는 사람은 상점가 기획에 반드시 코빼기를 내밀 것을 권한다. 처음에는 나이 든 사람들 취향의 이벤트가 될지도 모르지만, 함께하는 사이에 재미있는 일도 벌일 수 있다. 가게가 없는 사람도 이런저런 가게와 안면을 터두면 "이런 이벤트를 하고 싶은데요" 하는 바람을 들어줄지도 모른다. 이렇게 하면 동네는 살기 좋은 곳으로 변해갈 것이다.

아무쪼록 자영업 군단은 최고로 강력한 집단이므로 우리 편으로 만들지 않을 수 없다. 내 경우에는 재활용 가게가 아주 편하므로 친하게 지낸다. 예를 들어 내가 술에 얼근히 취해 상점가를 걷고 있을 때 "아, 마쓰모토 씨! 지금 ○○가 고장 나서 불편해 죽겠어!" 하는 소릴 들으면 "오케이, 지금 고치러 갑니다!" 하고 수리하러 가거나, "창고에 좋은 물건이 있는데 그냥 줄게!" 하는 소리에 대방출의 은덕을 입은 적도 있다.[주1] 듣기만 해도 마음이 든든해지는 것 같지? 정말 힘든 일을 당했을 때는 가게 근처에 살면서 도움을 청하면 어느 정도 문제를 해결할 수 있다.[주2] 아무리 미쓰코시(三越) 백화점이나 돈키호테*의 단골이 된다 해

★ 돈키호테: 가전제품, 일용품 등을 취급하는 대형 할인점.

도 여차할 때 아무 도움도 못 받지만, 자영업 군단과 친해놓으면 필시 좋은 일이 생긴다. 이것만은 명심해두자.

주1 이 얘기는 정말 기분이 좋을 때 그렇다는 것이고, 기분이 안 좋을 때는 "아, 그래요? 흥…" 하고 지나쳐 오기 때문에 과도한 기대는 금물!
주2 물론 반대로 기분이 상하는 경우도 있다는 것쯤은 알겠지?

# 동네회의 작전

자, 다음은 지역 이야기를 해보자. 동네회의나 자치회는 대체로 어디에나 없는 곳이 없다. 대부분의 사람들은 누가 무엇을 위해 하는 회의인지 잘 모르는데도 떡 하니 존재한다. 상점가에 비하면 그 실체를 파악할 수 없을 경우도 많다.

동네회의 이미지는 할머니나 정년퇴직한 할아버지가 이러니저러니 남의 얘기로 수다를 떠는 모임인 듯하여 좋지 않은 인상을 주는 것 같다. 확실히 그런 면이 없지는 않다. 동네회의에서는 대개 독신생활을 하는 젊은 놈을 상대하지 않으며, 기껏해야 쓰레기 분리수거를 잘못했다든가 자전거를 밖에 내놓지 말라는 이야기를 나누는 정도다. 하지만 잘 살펴보면 이웃 신사(神社)의 축제가 열릴 때 동네회의 이름으로 캠프를 치기도 하고 연말의 '불조심' 강조 기간에는 시끄럽게 굴기도 한다. 오호, 동네회의도 이렇게 제구실을 하는구나…. 아마도 일반적으로는 이런 인상을 받을 것이다.

그러나 잠깐! 동네회의를 만만하게 보면 안 된다. 가난뱅이, 아무짝에도 쓸모없는 오합지졸, 무직자, 한가한 놈, 바보, 멍청이, 얼간이 제군! 우리가 동네에서 살아가는 이상, 동네회의도 훌륭한 역할을 해낼 수 있는 거다.

동네회의의 본래적인 의미를 생각해보자. 전전(戰前), 전중(戰中)의 동네회의는 전쟁을 위한 정부의 말단조직에 불과했지만, 전후에는 그럭저럭 '자치회'라는 뜻에 걸맞은 조직으로 변하여 지역 자치를 위한 집단으로 다시 태어났다. 물론 현실의 실태가 그다지 보기 좋은 것만은 아니다. 오히려 옛날 그대로 변하지 않은 면도 있다. 하지만 본래적 의미에서 자기의 마을을 스스로 운영한다는 작은 자치정부의 뜻도 지닌다. 나라나 행정기관이 있다고 해도 하나부터 열까지 전부 해주기를 바라는 게 아니라 자기들이 할 수 있는 것은 스스로 한다는 것이다.

어때? 귀가 솔깃하지 않아? 언제 천재지변이 일어날지 모르고 언제 일본 경제가 와르르 무너질지도 모른다. 이렇게 시절이 하 수상한 때 자기 일을 모두 윗분에게 맡겨버리면 어느 순간 이러지도 저러지도 못하게 될 수도 있다. 지금은 아직 평화롭기 때문에 상관없지만, 세상이 어지러워져 바보 같은 우익 놈들이 '2·26 사건' *을 흉내 낸답시고 어

★ 2·26 사건: 1936년 2월 26일 일본 육군의 황도파 청년 장교 1,483명이 일으킨 반란 사건.

느 지역을 군사 점령하는 날이 온다면 이건 그저 웃을 일이 아니다(뭐, 이런 일은 일어날 가능성이 없겠지만…). 만에 하나, 그럴 때에도 "이 자식들아, 너희들의 바보 같은 소동에 휘말릴 틈이 어디 있냐?" 하고 제대로 대응하기 위해서라도 지역의 자치는 이루어져야 한다. 그렇다, 자치는 중요하다! 지역공동체의 자치라는 의미에서 동네회의는 의외로 소중하단 말이다!

# 회람판 작전

그래서 동네회의의 중요성을 절감하고 가끔은 회합에 얼굴을 내밀었더니 "젊은 사람이 여길 기웃거리다니 보기 드문 일인걸" 하며 귀빈 대접을 해주었다. 어깨가 으쓱하여 들떠 있다가 정신을 차려보니 순서대로 돌아온다는 '조장' 자리에 날 추천하는 것이었다. 더구나 이웃에 사는 할아버지가 손을 잡고 "꼭 부탁하네" 하시니 거절할 수도 없고…. 그래서 일단 하겠다고 나서긴 했는데, 잘 알아보니 '조' 란 것이 전쟁 시절에 악명 높았던 감시사회의 원조 도나리구미(隣組)*의 잔재

★ 도나리구미: 제2차 세계대전 때 국민 통제를 위해 만든 지역 조직. 마을회의, 부락회의 아래 몇 집을 한 단위로 묶어 식량 등 생활필수품을 배급했다. 1940년에 제도화되었고 1947년에 폐지되었다.

였다. 옛날에 교과서에서 읽은 기억에 따르면 밀고를 장려하고 누군가 사고를 치면 연대책임을 지는, 말도 안 되는 단체였던 것이다. 허걱, 왜 내가 도나리구미의 우두머리가 되어야 하느냔 말이다! 잘못 빠져들었다!

물론 현재 그렇다는 것이 아니고 이름이 그렇다는 말이다. 알고 보니 그 실태는 동네회의 소집과 회람판 돌리기 담당! 애걔, 이게 뭐야! 시시하잖아!

세상이 공황 상태에 빠졌을 때는 회람판이라는 아날로그 정보 전달 수단도 도움이 되겠지 하는 마음으로 우선은 매일 회람판을 돌리고 있다! 제군! 혁명도 그리 머지않았다!

# 협잡 순찰차 추방 작전

동네회의의 임무 가운데 '방범 순찰'이라는 요상한 것이 있다. 기본적으로 도둑이나 치한 등 위험한 인물이 없는지, 아이들이 밤에 나돌아다니지 않는지, 비행청소년이 담배를 피우고 있는지를 감시하는 정체불명의 순찰이다. 그래서 당연히 우리처럼 거리를 무의미하게 돌아다니는 패거리는 '방범'의 대상이 된다. 특히 평일 낮에 일하지 않는 실업자 제군은 의심스런 인물로는 딱이다. 머리를 기르거나 구깃구깃한 옷이라도 입고 있으면 지적 받기 딱 좋다. 이거 너무하지 않은가. 모자라게 보인다고 지적까지 당해야 하다니, 도대체 말이 되는가.

이런 상상을 해본다.

**방범**: 왜 이런 짓을 한 거야? 고엔지 댁 아줌씨가 놀라서 울고 계시잖아.

**도둑**: 흑흑, 회사는 망해버렸지 집은 홀라당 불에 탔지 애는 차에 치어 다쳤지…. 빚이 눈덩이처럼 불어나서요. 사채업자들을 겨우 따돌리고 도쿄에 올라왔는데 주머니에 돈이 다 떨어져서 그만….

**방범**: 도리가 없구먼. 자, 우리 목재상에 와서 나무라도 자르면서 잠시 숨을 좀 고르라구. 그 대신 다시는 이런 짓 말게.

**도둑**: 이 은혜는 평생 잊지 않겠습니다요.

이런 것이 이상적인 자치가 아닐까! 경찰이 전부 다 처리하면 자치능력은 빵(0)이 된다. 물론 복면을 쓰고 호신용 권총(stun gun)이나 라이플총을 가지고 알카에다처럼 무장한 놈들이 일을 벌이면 위험하므로, 그때는 처음부터 당국에 신고해야 한다.

## 스스로 동네의 문제를 해결하자

'방범 순찰'도 조금만 잘못 이해하면 요상스럽게 변해버린다. '가디언 엔젤스' 같은 것이 그렇다. 그놈들은 동네회의에서 정한 방범도 아닌데, 수상한 놈을 보면 우선 파출소로 연행한다. 정체는 잘 모르겠지만 덩치가 크기 때문에 힘이 세다. 역 앞에서 자고 있는 주정뱅이를 깨워 일으키거나 밤에 공원에서 놀고 있는 젊은 애들을 해산시키는 등 불필요한 참견만 하는 엉터리 집단이다. 더구나 태도가 거만하고 흉포하기 짝이 없어 예전에 이케부쿠로 역 앞에서 취해 잠들어 있는 아저씨의 멱살을 잡고 발로 차는 것을 본 적이 있다. 시간이 남아도는 건지 뭔지 모르겠지만, 파출소 앞에서 장난을 치곤 한다. 이런 '방범 순찰'이라면 분명 우리의 적이다. 경찰의 수하가 된 이런 방범 순찰은 자치와는 전혀 무관하므로 일체 협력하지 말도록. 오히려 동네에서 내쫓아야 한다.

거꾸로 아까 얘기한 좀도둑의 일화처럼 스스로 동네 문제를 해결하는 방범이라면 해가 되기는커녕 도움이 될 것이다. 요즘 세상 돌아가는 것을 보면 밖에서 담배를 피워도 안 되고, 쓰레기를 버려도 벌금을 내고, 감시카메라 설치를 장려하는 등 왠지 모르게 사람들을 관리하려는 풍조가 강하다. 심지어는 스케이트보드나 자전거의 교통위반에 벌금을 매기고 PC방에서 밤을 샌 것만으로 범죄자 예비군으로 취급하는 등 얼빠진 세상이 되어가고 있다. 이런 사소한 일에 벌금을 매기고 강제로 규제하는 것은 어딘가 이상하다. 이런 식이라면 공중 화장실에서 화장지를 40센티 이상 쓰면 벌금이라든가 방에서 흘러나오는 음악 소리가 어느 정도 이상이면 CD 5장 몰수라든가 하는 말도 안 되는 신경질 사회가 되어버릴 것 같다. 이런 것은 스스로 알아서 할 일이다. 이렇게 살기 힘든 사회가 되면 견디기 힘드니까 스스로 해결하는 태도를 갖추자.

전차 안에서 휴대전화를 만지작거리기만 해도 화를 내는 망령 든 노친네가 상징하듯이, 당치도 않은 '질서'는 빌어먹으라는 거다. 근거 없는 규제를 지킬 필요는 없다. 안 되니까 안 된다고 우기는 경찰의 수하가 될 건지, 스스로 살기 좋은 동네를 만들어갈지, 확실하게 해두어야 한다.

동네에 주절주절 설교하러 오는 자가 있으면 어느 쪽인지 잘 살펴보고 대화를 시도할지 반격을 할지 결정하자.


# 가마 작전


동네마다 대개 신사에서 주최하는 축제가 있다. 여기에 참가해보면 참 재미있다.

"난 기독교인이라서 안 돼!"라든가, "난, 공산주의자라서 좀 별론데…" 아니면 "엄마가 그럴 시간이 있으면 책이나 읽으래"라고 하는 제군! 이러쿵저러쿵 잔소리 그만두고 가마라도 져보면 어떨까. 종교가 어떠니저떠니 할 때가 아니라구. '축제'란 종교의식이기 이전에 "이날만큼은 일상의 노고에서 벗어나 마음껏 기지개를 켜자"는 뜻이 있단 말이다. 대낮부터 떠들썩하게 가마를 어깨에 지고 거리에 나가 밤늦게까지 술을 마시고 떠들어보자. 보통 때 이런 짓을 하면 이웃의 불평이 폭풍처럼 밀려와 경찰 나으리가 출동하거나 화가 머리끝까지 치민 아저씨가 식칼을 들고 뛰쳐나오지만 축제 때만은 그런대로 넘어간다. 뭐야, 이거?! 젊은이들이 거리에서 음악 이벤트를 열고 뒤풀이로 길에서 술을 마시면 시끄럽게 불평을 해대는 주제에⋯. 특히 시골에서 올라와 아는 사람 하나 없이 혼자 사는 사람이라면 전통적인 축제가 열려도 "아, 잠도 못 자게 시끄럽게 구네!" 하면서 화를 내거나 경찰에 신고를 할 때도 있다.

알지도 못하는 놈들이 떠드는 것이 비위에 거슬린다는 말인데, 어쩔수 없다 이거야. 하지만 이러니저러니 해도 동네회의 같은 데서 공인해주어 허락을 받고 하는 것이라는 말씀! 그러니까 어지간하면 참가해봐도 좋지 않을까. "이날만큼은 기를 펴보자"는 축제 자체는 나쁜 것이 아니므로 그것을 공인받았다는 상황 자체를 소중하게 여기는 마음도 중요하다. 보통 때라면 좀처럼 보기 어려운 연대감이 지역의 아저씨들, 아줌마들과 함께 축제를 여는 동안 생겨나는데, 그러면 젊은 사람들이 하는 일도 너그럽게 봐주게 된다. 애당초 아저씨들과 젊은이들이 하는 일 사이에는 감각의 차이가 있을지언정 대개 어슷비슷하기 때문에 불평하는 사람만 이상한 사람이 된다.

매일 지겨운 일상을 견디면서 "가끔은 못 참겠어!" 하고 비명을 지르는 제군! 주눅들 이유가 하나도 없다. 활개를 치면서 축제 소동을 벌이자. 상점가 작전에서 말했듯이 가까운 이웃과 친해놓으면 언제라도 축제에서 중심적인 역할을 맡을 수 있다. 축제에 관해 동네회의의 중진 어르신들과 의견을 나누다 보면 젊은이들의 난리소동을 지원해줄지도 모른다. 그렇게 되면 정말 재미있는 축제가 거리마다 펼쳐질 것이다!

두고 보라니깐! 단지 구경거리로 전락하는 전통행사, 고전적인 축제를 흉내 내는 데 불과한 행사는 사라지고 진정으로 즐거운 마을 축제가 벌어지고 말 테니.

이보시오! 후지(富士) 산에서 열리는 록페스티벌에 가서 스트레스를 날려버리고 싶은 제군, 아직 뭘 잘 모르는구먼! 주머니 털리는 이벤트에서 놀기보다 자기 손으로 만든 축제가 훨씬 더 재밌다구!

이리하여 동네 곳곳에서 어떻게 즐거운 인생을 살 수 있는가를 연구해보았는데, 역시 물꼬를 터줄 가게가 있어야 한다. 갑자기 근처에 사는 주민과 친해지는 일은 거의 일어나지 않는다. 어떤 가게를 찍어서 그 가게 사람과 친해지면, 감자 덩굴을 잡아당기면 감자알이 줄줄 따라 나오듯 자기도 모르는 사이에 저절로 마을공동체와 교류가 시작된다. 축제날이나 기념일, 불조심 행사 같은 데 얼굴을 내밀면 비로소 그 지역 사람으로 인정받고 이런저런 즐거운 일이 생기는 것이다.

그렇지만 "난 사람 사귀는 게 제일 귀찮아!" 하는 고독형 인간도 있을 수 있다. 뭐, 그러라지. 그런 성격도 잘만 이용하면 오히려 지내기 편한 상대가 되기도 하니까. 자, 제군! 상점가 작전, 동네회 작전의 건투를 빈다!!

# 공공시설을 멋대로 만들자

개인 차원에서 아이디어를 내서 생활하는 것에 비해 가게를 통해 마을에서 공동체를 조직하면 훨씬 다양하고 풍요롭게 살아갈 수 있다는 것을 깨달았다. 제대로 된 세상이 되려면 아직 멀었다. 우선 어중이떠중이가 모이면 공공의 재산을 많이 확보할 수 있다는 점, 신명이라도 나면 공공시설도 만들 수 있다는 점을 명심해두자.

우리 가난뱅이, 얼간이, 오합지졸은 이제까지 뿔뿔이 흩어져 있었고 결탁해서 무언가 하는 일은 별로 없었다. 동네를 둘러보면 여기저기 가난뱅이 천지인데도 왠지 한 사람 한 사람 고독하게 살아간다. 그래서 시시껄렁하게 뼛골 빼먹는 직장에서 일만 죽도록 하거나 중류 계급인 척하면서 번화한 중심가로 놀러 가기도 한다. 하지만 가난뱅이 제군! 이제 그런 바보 같은 짓은 그만두자. 바가지 씌우려고 눈이 벌건 놈들이나 부자들이 덫을 쳐둔 장소에 갈 게 아니라 우리 스스로 짱 좋은 것을 만들어보자구.

고엔지 기타나카 거리의 예에서 보듯이 재활용 가게나 음식점이 있으면 생활은 꽤 편해지지만, 좀 더 나아가 모두가 사용할 수 있는 공공

시설도 필요하다. 슬슬 움직여볼까!

## 아마추어 공방에서 마음대로 만들어내자

제일 먼저 머릿속에 떠오르는 것이 공방(工房)이다. 무엇보다도 작업을 할 수 있는 장소가 있고 이것저것 공구나 설비가 갖추어져 있으면 여간 쓸모가 있지 않다.

재활용 가게만 해도 가구를 수리하거나 개조하고 두들겨 부수어야 하므로 적당한 장소가 필요하다. 여러 가지 작업이 가능한 널찍한 공방이 있으면 조금 손을 보는 수준이 아니라 근본적인 수리나 개조도 가능하다. 이렇게 되면 동네에서 벌이는 재활용 활동이 훨씬 더 그 본령을 발휘하게 된다.

공방은 그 밖에도 쓸모가 많다. 전기톱이나 용접 기자재 등 목공, 철공 공구를 비롯하여 페인트, 재봉틀까지 갖추어놓으면 못 만들 것이 없다. 예를 들어 자기 방에 어울리는 책장을 일일이 가구점을 돌아다니지 않고도 느긋하게 자기 손으로 만들 수 있다. 스스로 만들 수 없어도 동네에는 누군가 솜씨 좋은 사람이 반드시 있기 마련이다. 밥이라도 사주면서 부탁하면 되지 않을까. 만약 그것도 여의치 않으면 공방에 "책장 만들어줄 사람 모집! 맛있는 것 사 드립니다" 하고 써 붙이면 된다. 이거이거, 근사하지 않아? 또한 실용적인 일 말고 다른 일도 가능하다. 예를 들어 그림 그리기를 좋아하는 사람은 대형 그림도 그릴 수 있고, 엄청 커다란 조형물도 제작할 수 있으며 대패질로 접시를 만들거나 조각도 할 수 있다. 자동차나 오토바이를 가져와 고칠 수도 있고, 날라리 오토바이를 여행용 오토바이로 개조하여 친구를 기쁘게 해줄 수도 있다. 또 티셔츠나 엽서를 만드는 기계로 세상에 하나밖에 없는 개성 있는 나만의 물건을 창작할 수도 있다.

"한판 재미있는 일이라도 벌여볼까"(한판에 대해서는 3장을 참고하라) 하는 생각이 들 때도, 대규모 이벤트를 벌일 때도 1주일 만에 행사 세트를 뚝딱 만들 수 있다. 이런 공간이 있으면 천하무적이다.

게다가 모두 공동으로 출자하여 만든 시설이므로 기본적으로 돈을 벌지 않아도 되니까 돼먹지 못하게 쓸데없는 비용을 들일 필요도 없다. 게다가 24시간 이용이 가능하다면 최고 아닌가. 마음 편하게 쓸 수 있는 공간에서 신나는 일을 벌인다면 동네의 문화 수준이 한층 올라갈 것이다. 하아, 좋다, 좋아!

한 가지 주의해야 할 점은 이런 공동시설을 마련할 때 문지방을 높여서 "출자자 이외에는 사용할 수 없음" 같은 규정을 내거는 일은 극력 말리고 싶다. 마치 컬트 종교집단의 시설처럼 되어버리면 재미가 없으므로 가능한 한 주변에 서성이는 놈들에게도 아량을 베풀어 함께 이용하도록 하자!


## 자비 출판 및 인쇄소를 만들자


출판과 인쇄에도 손을 대보면 참 재미있다. 인쇄기를 한 대 구입해두면 이벤트 포스터나 가게를 선전하는 전단지, 반란을 선동하는 불온 삐

라까지 금방 제작할 수 있다. 간단한 미니컴* 수준이라면 잡지나 책도

★ 미니컴: 미나+커뮤니케이션의 약어. 극히 적은 인원 사이에서 이루어지는 정보 전달 수단을 말한다.

만들 수 있다. 앞에서도 말했지만 눈에 보이는 종이를 건네면 꽤 신선한 자극을 주기 때문에 뭔가를 알리는 수단으로 아주 효과적이다. 제군, 어차피 아무도 읽지 않는 블로그를 꾸미느라 힘들이지 말자! 멋대로 출판물이나 전단지를 동네에 뿌리자!!

게다가 동네 인쇄소하고 협력할 여지를 만들어둔다면, 간단한 책쯤은 누워서 떡 먹기라니까.


## 우리만의 놀이터를 만들자(극장 작전)


긴자 근처에 가면 돈 냄새를 피우는 얼간이 같은 화랑이 늘어서 있다. 그런 곳을 1주일가량 빌릴라치면 엄청난 돈을 뜯기게 된다. 그런 곳에는 미친개나 쥐를 풀어 혼을 좀 내줘야 한다.

자, 앞에서 말한 공방 작전이 성공하여 그림이든 뭐든 작품을 만들었다고 치자. 그것을 세상에 내놓으려고 해도 대여료가 비싸서 표현의 자유를 누릴 수 있는 장소가 별로 없다. 그림이나 사진 같은 것은 아는 사람 카페에서 싸게 전시하기도 하지만 대형 스크린으로 영화를 틀거나 연극을 올리려면 일이 커진다. 웬만큼 사람이 드는 극장이나 소극장을 빌리려면 긴자의 화랑만큼 돈이 든다.

실은 우리 재활용 가게는 가난뱅이 극단과 공동으로 창고를 빌렸는데, 그 극단은 월세 1만 엔도 내기 힘든 사정이라 월말만 되면 언제나

"이것 좀 사주지 않을래?" 하면서 가재도구나 연극용 소도구를 팔러 온다. 허 참, 그런 걸 1만 엔에 사줄 수 있다고 생각해?

한마디로 소규모라도 좋으니까 이벤트를 열 수 있는 공간을 마련할 수밖에 없다.

그러니 가까운 곳에 다목적 극장을 확보해두자. 그러면 자주적인 영화 상영회도 열고 소극단의 연극도 공연하며 재미있는 사람을 불러 대담이나 강연회를 열 수 있다. 또 평일 낮 시간에는 엔카 가수나 만담가를 불러 이웃의 할머니와 할아버지를 기쁘게 해드릴 수도 있다. 잘난 척하는 놈이 설교 같은 강연을 하러 와도 좋고 궁상스런 놈이 멋들어지게 시를 낭송해도 좋다. 사이비 종교의 세뇌 비디오나 양모이불을 파는 다단계 판매 이벤트는 법에 저촉되니까 좀 곤란하지만. 여하튼 지역의 인사들이 무언가를 할 수 있는 공간이 있다는 건 즐거운 일이다. 뭔가 하고 싶어도 장소가 없어 못했던 사람들이 하고 싶은 일을 할 수 있고, 그런 데 흥미가 없는 사람들도 뭔가 해볼 기회가 생길지도 모른다. 이런저런 이벤트가 열리면 분야가 완전히 다른 사람과도 만날 기회가 생기므로 지금까지 인연이 없었던 분야에 눈뜰 수도 있다. 당연히 아는 사람이 늘어나므로 웃기는 이벤트나 황당한 일에 대한 정보도 점점 많이 흘러 들어온다. 얼씨구!

교통기관의 발달로 어디든 마음만 먹으면 갈 수 있을 뿐 아니라 최근에는 인터넷의 보급으로 정보가 흘러넘치기 때문에 지역공동체의 고유한 문화는 점점 더 풀이 죽어가는 중이다. 예를 들어 음악을 좋아하는 사람이 일본 전체 차원에서 벌어지는 일에 대해서는 잘 아는 한편, 자기 지역의 음악 장르에 대해서는 모르는 경우가 많다. 이러면 되겠어? 심지어 자기 동네에 대해 아는 것이라곤 직장, 집, 파친코, 대형 마트밖에 없다는 사람들도 많다! 당신들 바보 아냐?

일본 전역에서 통하는 정보가 있는 반면, 지역의 문화도 엄연히 존재한다. 지역 문화를 연결하면 어딜 가서 무엇을 하든 사통팔달로 통하기 때문에 재미있는 일이 생기지 않을 수 없다. 일부러 긴자의 화랑에 가서 괜히 으리으리한 화장실에 다녀오거나 시키(四季) 극장에 돼지 시체를 던지러 가지 않아도 된다구!

좋았어, 이렇게 된 바에야 쓱쓱 해치우는 수밖에! 이놈들아, 작전 개시다. 빈집을 찾아라! 물건을 찾아내라!! 바가지나 씌우는 부자 계급 주제에 이 책을 읽고 이해하는 척하는 당신! 남아도는 물건이나 공짜로 빌려줘!!

그래서 기타나카 거리에 나가 괜찮은 물건을 빌렸다. 다다미 22장(≒ 11평) 남짓한 좁은 곳이지만 2008년 2월에 문을 열고 여러 가지 이벤트를 열기 시작했고, 앞에서 말한 출판사 작전도 이 공간 한구석에서 개시했다. 잘될지 금방 망할지는 모르겠지만, 심심하면 놀러들 오게나!


## 멀리서 온 놈들은 게스트 하우스에 집어넣자


자, 이렇게 자기들 마을에 활기가 솟으면 이번에는 다른 마을에서 놀러 오는 사람들이 늘어난다. 다른 마을에서 재미있는 짓을 하는 놈들, 외국에서 놀러 온 놈들, 그냥 지나가다가 흘러 들어온 놈들….

예를 들면 지금도 고엔지에는 멀리서 놀러 오는 사람들이 있는데, 대낮에 기타나카 거리를 돌아다녀도 재미있는 일은 눈에 띄지 않는다. 카페에서 이야기를 나눌 수는 있지만 암만 눈을 크게 뜨고 돌아다닌들 헌옷 가게는 옷을 팔고 재활용 가게는 세탁기를 닦고 앉아 있을 뿐이다. 역시 여유 있게 며칠은 돌아다녀야 사람들도 만나고 재미도 느낄 수 있다.

아는 사람이라도 있으면 그 집에 머물면 되지만 그것도 한계가 있다. 상대방은 "일주일 정도 우리 집에서 편하게 지내게" 하고 권해도, 이쪽이 염치가 없다. 우리도 좀 먼 곳에 가서 구경도 하면서 교류를 하려고 하면 잠잘 곳 때문에 곤란을 겪는다. 그래? 그러면 게스트 하우스를 하나 만들어야겠네!

돈이 있는 놈은 제대로 갖추어진 비즈니스호텔에서 편하게 묵으라지. 하지만 게스트 하우스라면 큰 방 하나에 2층 침대, 그리고 공동 샤워실만 있으면 그만이다. 그 대신 하룻밤에 800엔이나 1,000엔 정도면 오~케이. 만화방에서 죽치고 있거나 PC방에서 음침한 짓을 하고 있을 때가 아니란 말이다! 게스트 하우스를 만들어 얼빠진 놈들을 신나게 재워주자!

이런 기분으로 게스트 하우스를 하나 확보해두면 아는 사람들이 찾아온다. 잠을 자러 오는 사람들은 멀리서 온 사람, 아는 사람의 아는 사람, 다른 어떤 공동체의 사람들인데, 이 사람들이 들락날락하면 동네 안에 앉아 굳이 다른 곳에 가지 않아도 전국 각지, 나아가 세계 각지의 친구가 생긴다. 신난다, 신나! 신나 죽겠다!

동네마다 이미 외국 여행자가 모여드는 게스트 하우스가 몇 채쯤 있기 마련이다. 하지만 대개 그런 곳은 숙소 기능만 있을 뿐, 그 지역에서 무언가 활동을 벌이고 있는 사람이나 상점가의 아저씨, 동네 아줌마들 하고 교류할 수 있는 곳은 거의 없다. 새로운 게스트 하우스가 생기면 재미있는 일이 많이 생길 것이다. 딴 동네에 가더라도 "거기 게스트 하우스에는 재미있는 놈들이 모인다더라" 하는 소문이 나면, 그곳 동네 사람들과 친하게 지낼 수 있다. 지방의 기차 역 근처에서 망령 든 아저씨나 관광 안내소가 소개해주는 관광호텔하고는 비교할 바가 못 된다. 가난뱅이끼리 친하게 지내면 힘이 생긴다. 이거 해볼 만하지 않아?

## 현금 작전

공공시설 같은 예를 몇 개 언급하다 보니 다른 아이디어도 마구 떠오른다. 도서관 작전, 목욕탕 작전, 장거리버스 작전 등등…. 다만 극장의 경우는 진정한 공공시설도 꽤 있지만 7시쯤 문을 닫거나 금주·금연이거나 시골에 있는 주제에 덩치가 엄청 크거나 역에서 멀거나 접수처의 아줌마가 융통성이 없어서 신통치 못한 곳이 많다. 역시 우리 손으로 만드는 게 제일이다!

이렇게 되면 돈이 필요하다. 장소에 따라 다르지만 쓸 만한 넓은 공간을 제대로 지불하고 빌리려면 매달 20만~30만 엔은 든다. 게다가 초기 비용이 비싸다. 부동산을 끼고 빌리면 보증금, 중개료가 많이 들고 인테리어나 시설도 수백만 엔은 게 눈 감추듯 먹어버린다. 이야, 절레절레!

하지만 아직 수를 쓸 여지는 있다!

지역의 아는 사람을 통해 집주인을 소개받으면 중개수수료가 들지 않기도 하고 사람 좋은 집주인이라면 보증금이나 사례금을 깎아줄지도 모른다. 때로는 근처의 땅 주인 할머니가 "여기 빈집을 쓸 테면 쓰라구!" 하는 일도 있을 수 있다! 또 재활용 가게에 아는 사람이 있으면 설비를 공짜로 갖출 수도 있고 이웃의 장인 아저씨가 인테리어를 해주실 수도 있다.

아는 사람 가운데 "이거, 돈은 있지만 일이 바빠서 말이지…. 일벌레 노릇도 지겹구만. 이런 기획이라면 나도 협조하도록 하겠네!" 하고 20만 엔을 턱 내놓는 사람이 나올지도 모른다! 혹은 이웃의 멋진 신사가 "이거, 마음에 드는 젊은이들이로구먼! 좋아, 내 팔 걷고 도와주지!!" 하고 금일봉을 하사할지도 모른다!

물론 다른 사람한테 기대려 해서는 안 되고 자기 힘으로 해야겠지만,

여러 가지 가능성을 타진해보자! 그 대신 분별없이 돈만 찾아 헤매면 "자네, ○○당 ○○ 후보한테 표를 몰아주자는 건가?" 하는 오해를 사거나, "이 행사는 마음에 안 드니까 내 돈 내놔" 하는 애먼 소리를 들을 수도 있으니까 조심해야 한다. 또한 매달 회전자금이 부족하다고 기부금이나 자기 돈으로 충당하는 방식은 그만두는 것이 좋다. 신명 날 때는 문제가 없겠지만, 조금만 흥이 가라앉아도 의욕이 떨어져 포기하기 십상이기 때문이다.

개업 자금은 될수록 적게 들도록 하고 모두가 십시일반으로 자금을 긁어모은 다음, 어떻게든 개업을 향해 노를 젓기 시작하면 흑자를 내서 조금씩이라도 출자자에게 돌려주어야 한다. 그러다가 미친 듯이 일이 잘 돌아가서 출자금을 전부 갚을 수 있다면 그야말로 만만세다. 흑자를 내어 출자금을 전부 변제한 뒤에는 사용료를 내리거나 새로운 기획을 출범시키자.

이런 식으로 계속 활동하여 신나는 동네를 만들어보자! 마을 공동체가 형성될수록 쾌적하고 푸근한 생활을 손에 넣을 수 있다!

마지막으로 한 마디.

① 단카이(團塊) 세대* 중에 "우리는 진짜 열심히 일하고 싸웠지. 요

---

★ 단카이 세대: 1947~1949년 제1차 베이비붐으로 태어난 세대로 다른 세대보다 비교적 인구가 많다. 마케팅 분야에서는 1953~1955년에 태어난 사람까지 포괄하는 경우도 많다. 전공투 세대의 학생운동을 통한 좌익사상의 세례를 받았고 사회운동의 주체로 나서는 동시에 고도 경제성장을 추진하여 복지, 보장 등의 열매를 누렸으나 이제는 고령화 사회의 주요 구성원이 되었다. 한마디로 전후 일본의 급속한 사회변화를 보여주는 세대.

---

즘 젊은 것들은 믿음직스럽지가 않아. '아마추어의 반란'이라니 이름부터가 영 글렀단 말이야!" 하고 말씀하시는 분! ② 돈이 많아서 죽을 때까지 걱정이 없는 주제에 자기 집 고급 소파에 앉아 여송연을 꼬나물고 털북숭이 고양이를 쓰다듬으며 "으음, 그런 헝그리 방식도 충분히

공감하다마다" 하고 중얼거리는 노친네분! ③ "젊은 세대가 사회를 바꿉시다!" 하며 리버럴한 폼을 잡고 민주당에서 국회의원을 해먹는 주제에 당선된 순간부터 손가락 하나 까닥 안 하고 곰팡이 냄새를 피우는 젊은 의원!

당신들 말이야, 이러쿵저러쿵 할 것 없어. 돈이나 내놔!

# 제3장

# 반란을
## 일으키자

여기까지 개인 차원이나 동네에서 멋대로 마음 편하게 살아갈 수 있는 방법을 생각해보았다. 하지만 아직도 세상살이는 괴롭다. 돼먹지 못한 제도나 말도 안 되는 '상식' 때문에 깨지고 터지는 일이 좀 많으냐….

공격은 최대의 방어! "어, 이거 좀 살기 빡빡한데!" 하는 생각이 들 때 마구 반란을 일으켜보자.

반란의 뜻은 다양하다. 세상에는 천황이 계신 곳에 로켓 미사일을 쏘거나 대기업을 폭파하겠다는 과격한 무리도 있는 것 같다. 하지만 제군! 우리가 그런 짓을 하다가 실패하면 괜히 집만 태워먹고 도망도 치기 전에 붙잡힐 것이고, 그러면 만천하에 멍청이라고 실토하는 꼴이 될 것이다. 게다가 지나치게 살벌한 짓은 그다지 재미가 없기 때문에 그런 일은 전문가에게 맡기고 우리는 다른 일을 벌여보자. 그럼, 무슨 일을 할까? 그렇다. 거리로 뛰쳐나가 노세~ 노세~ 하는 거다! 역 앞에서 마음대로 떠들어도 좋고 데모나 선거운동을 벌여도 좋다. 양심에 뿔이 난 놈들한테 "이놈들, 당장 우주를 떠나라!" 하고 요구하면서 실컷 떠드는 것이다. 간단하기도 하고 즐기면서 할 수 있다. 그래서 참고로 과거에 했던 여러 가지 반란을 소개해두겠다.

# 호세 대학 시절

내가 반란을 일으키기 시작한 것은 호세(法政) 대학에 다니던 1990년대 후반쯤부터다. 당시 호세 대학은 괜찮은 학교였다. 캠퍼스도 꾀죄죄하고 가난한 티가 줄줄 흐르는 대신에 자유롭게 이런저런 일을 할 수 있는 분위기였다. 그런데! 무슨 생각이 들었는지 대학의 경영진은 갑자기 돈 벌기 노선으로 갈아타고는 "어떻게 기업에 도움이 되는 인재를 양성할 것인가"라는 바보 같은 생각을 품기 시작했다. 그러면서 대학은 점점 시시한 방향으로 기울어갔다. 먼저 학내 경관을 깨끗하게 정비한다는 구실로 이것도 안 돼, 저것도 안 돼 하고 규칙을 산더미처럼 정하는가 하면 "학생들은 하고 싶은 대로 활동해서는 안 된다"는 선언을 하기에 이르렀다.

그래서 보다 못해 "이보시오, 뭐라고라고라? 학비는 학비대로 다 내고 우리가 뭣 때문에 말도 안 되는 인재 양성인지 뭣인지를 해드려야 하는 거요?" 하고 대들었다. 어찌나 울화가 치밀어 오르던지 '호세 대학의 궁상스러움을 지키는 모임'을 결성해버렸다. 처음에는 '호세는 가난한 대학입니다'라고 쓴 거대 간판(대략 1미터×4미터 크기)을 정문 입구에 설치하거나 '호화판 빌딩은 필요 없다'는 전단을 뿌리는 등 단순한 반항에 주력했다. 그러나 이 일을 발단으로 몇 년 동안 호세 대학은 엄청난 소동에 휩쓸리게 되었다. 맛이 어떠냐? 꼴좋다!!

## 바가지 씌우는 학생식당 분쇄 투쟁

어느 날, 어떤 가난한 학생이 "요즘 학생식당은 값에 비해 양이 적어! 밥을 너무 조금 준단 말이야! 배고파 죽겠어!" 하고 분통을 터뜨렸다. 확실히 당시 호세 대학의 식당은 다른 대학 식당에 비해 값은 비싸고 맛은 없고 양도 적었다. 한마디로 돈 벌기에만 급급했다. 그래서 곧바로 "좋았어! 학생식당을 좀 혼내주자" 하고 학생식당을 상대로 항의 집회를 열기로 했다.

'호세 대학의 궁상스러움을 지키는 모임'은 당시 회원 수가 몇 명밖에 안 되어 유명무실한 단체였다. 이대로 집회를 했다간 분위기를 띄우기 힘들겠다 싶어 뻥을 치기로 했다. 우선 물량 작전으로 압도해버리기 위해 '학생식당 결딴내기 10만 명 집회 결행!'이라는 전단을 3,000매가량 준비해서 아침부터 밤까지 학내 곳곳에 붙였다. 게다가 연일 캠퍼스에서 확성기를 들고 "학생식당 너무 맛없다!"고 연설을 늘어놓는데, 두세 명만 모여 있는 게 들키면 약점을 잡히니까 번갈아가면서 변장하여 사람이 웅성거리는 것처럼 해서 겁을 줬다. 그러자 예상대로 "학내에 갑자기 이상한 집단이 나타났다"는 소문이 돌기 시작하여 "집회 날 큰일이 벌어질 것 같다"는 분위기가 형성되었다.

당일 뚜껑을 열어보니, 가난뱅이 학생 백 수십 명이 모여 울분을 터뜨리기라도 하듯이 "학생식당, 비싸, 비싸!" 하고 외치거나 밥이 적어 배가 고프다고 아우성을 쳤다. 진짜 큰 소동이 벌어진 것이다! 학생들은 넘치는 정열을 주체하지 못하고 모두들 학생식당으로 몰려갔고 "맛없어 죽겠다, 이놈들아!" "밥 좀 더 담아!" 하고 목청껏 외쳤다. 결국 학생식당 난입이라는 어이없는 사태로 전개되어 수습할 수 없는 상태가 되었다. "돈 돌려내!" 하고 그릇을 깨는 놈, 혼란을 틈타 주방으로 들어가는 놈 등 사태가 걷잡을 수 없게 되자 식당 직원들도 겁을 집어먹었다.

그 결과 학생식당 측은 더 이상 화를 돋우면 안 된다고 판단했는지 10엔 특별할인을 단행하고 이제까지 그릇에 얇게 깔아주던 밥을 넉넉히 퍼주었다. 그러니까 처음부터 제대로 좀 하시지!

이것이 기념할 만한 첫 소동이었다.

덧붙여 그 다음에도 학생식당 투쟁은 몇 년이나 계속되었다. 다음 해 학생식당 돌입 집회에는 200~300명 정도가 모였는데, 이번에는 좀 팔팔하고 대차게 나가자는 작전을 세웠다. 난로★ 얹은 가마(난로를 가마에

★ 난로: 일본어로 '고다쓰'. 이불 속에 넣는 화로로 일본식 난방 기구를 가리킨다.

태워 멜대를 달아맨 최강의 무기)를 갖다가 거기에 단순 무식한 오지탐험대 부원들을 태우고 학생식당으로 난입하는 공격을 가했다.

거기에다 점심시간에는 학생식당 앞에서 100엔짜리 카레를 파는 투쟁도 벌였다. 집에서 농사짓는 친구들한테 쌀과 채소를 제공받아 전날부터 밤을 새워 카레를 만들고, 심야에 교실에서 전기를 끌어와 여기저기서 전기밥솥으로 밥을 지었다. 그러자 이를 어째! 학교 건물의 두꺼비집이 나가 다음 날 학교가 암흑 속에 묻히는 혼란까지 일어났다. 당

일 400그릇 정도 팔아치움으로써 놈들을 제대로 혼내주는 등 격렬한 투쟁을 펼쳤다.

당시 학생식당 경영자는 베트남 전쟁에 나간 미군병사만큼 간담이 서늘해졌음이 틀림없다. 가난뱅이의 주머니를 노리면 어떤 일을 당하는지 똑똑히 알았겠지.


## 난로 투쟁, 찌개 투쟁, 술 투쟁


대학은 운전면허 학원이나 영어 학원과는 다르다. 기술이나 지식을 배우는 것만으로 끝나서는 안 된다. 학생이 하고 싶은 연구를 마음껏 하는 곳이 대학이다. 그런 의미에서 학생이야말로 대학의 주인이다. 그러나 대학의 경영자들은 강의가 끝났으면 쓸데없는 짓 하지 말고 빨리 집으로 돌아가라는 식이었다. 이래서야 어떻게 알찬 대학 생활을 하겠는가. 그래서 대학에 눌러앉아 투쟁을 벌이기로 했다.

우선은 난로 투쟁. 대학 부지에 있는 광장(물론 야외)에 갑자기 난로를 피우고 귀가 중인 학생들을 불러 모아 잔치를 벌였다. 한번 해보면 알겠지만, 분위기가 후끈 달아오른다. 추울 때는 찌개를 끓이고 가을에는 풍로에 꽁치를 구우면 학생들이 몰려온다. 그대로 분위기를 이어서 사람 수가 많아지면 소동을 시작한다. 나중에는 청소하는 아저씨나 교수님들도 함께 마시거나 먹기도 한다. 우리는 특별히 나쁜 짓을 한다는 생각이 안 드는데, 기업 사회에 아양 떠는 대학을 꿈꾸는 자들에게는 이런 짓이 꽤 심기를 불편하게 만드나 보다. 격노하여 고함을 치는 교직원도 있었는데, 두 눈으로 보시다시피 우리는 난로 위에 찌개를 끓이고 있을 뿐이잖아. 이런 것까지 탄압하다니 거 참 모양새가 안 좋네.

어이없는 풍경이지만 끈끈한 정을 느꼈는지 비실비실한 학생들이 모여들었다. 이렇게 되면 아무도 말릴 수 없다! 강의가 끝나고 지나가던 학생들도 신기한 듯이 입이 귀에 걸려서는 다가왔다. 학생들은 난로와 냄비를 둘러싸는 데 멈추지 않았다. 텔레비전을 들고 오는 놈, 냉장고를 갖고 오는 놈, 밥통을 들고 와 밥을 짓는 놈 등 해괴망측한 놈들이 속출했다. 우리는 아침까지 술을 마시고 그길로 강의실에 들어갔다가 끝나면 집으로 돌아갔다. 교대로 이런 일을 2주일 동안이나 되풀이하면서 난로 투쟁을 벌인 적이 있다. 눌러앉기 작전을 자주 결행하면 무서운 싸움이 된다.

대학의 경영자들은 해산을 기다리다 지쳤는지 몇 번인가 직원이 와서 경고장을 주었고 주모자(=나)를 처벌한다는 처분을 내렸다! 하지만 그들이 손수 방을 붙이듯이 "캠퍼스에서 난로를 설치하고 술을 마시는 등 경거망동을 하고 있습니다"는 글로 게시판을 온통 도배했기 때문에, 소동은 더욱 유명해졌고 난로 주변의 사태는 한층 더 수습하기 어려워졌다.

그래서 당시는 저녁 시간 이후에 대학에 가면 언제나 누군가가 찌개를 끓이거나 고기를 굽고 있어서 곳곳에서 연기가 무럭무럭 피어오르는 색다른 풍경이 연출되었다. 그런 사정을 전혀 몰랐던 사람들도 바비큐를 굽거나 지나가는 사람에게 "한잔 안 할래?" 하고 말을 건네는 일이 일상다반사였다. 흐응, 이게 정말 바람직한 대학인 거다. 걸어 다니기만 해도 친구가 생기니까!

# 갈고등어 암치 투쟁

'호세 대학의 궁상스러움을 지키는 모임'은 게릴라 조직이다. 캠퍼스에서 찌개를 끓이는 따끈따끈한 이벤트를 계속 벌이면서도 적들과 피 터지게 싸울 때도 있었다. 여기서는 피투성이 투쟁도 소개하겠다.

대학의 2부(야간부)를 폐지하고 가난뱅이 학생을 대학에서 쫓아내려는 교활한 계획안이 떠올라 학내에서 논란이 일어난 적이 있다. 학생들은 총장(학장)과 단체교섭을 벌이려고 했지만 대학 측은 진지하게 응수할 생각이 없었는지 교섭 창구를 아예 닫아버리고 말았다.

그리하여 짜잔! 게릴라 부대가 나설 차례가 되었다. 교섭을 담당하던 사무실이 있었는데, 그 앞에 진을 치고 화로에 갈고등어 암치*를 구워

★ 갈고등어 암치: 배를 갈라 묵은 소금물에 절여 말린 갈고등어. 구우면 구린내가 난다.

댔다! 그리고 거기에서 풍기는 악취를 초대형 부채로 부쳐 건물 막다른 데 있는 사무실 쪽으로 보냈다. 이건 진짜 무서운 작전이었다! 교섭 창구 사무실의 직원들은 "우와, 구려!!" "냄새 때문에 일을 못 하겠어" 하며 냄새에 쫓겨 나왔다. 우두머리 되시는 양반도 "대체 뭐 하자는 짓이

야?" 하면서 뛰쳐나오셨지만 "갈고등어라도 드시지요" 하고 점잖게 권하니까 엉겁결에 한자리에 앉으셨다. 결국 "총장을 불러오시지요" 하며 교섭을 시작할 수 있었다.

이때는 총장과 단체교섭을 성립시키지 못했지만, 우리가 마음먹고 하려고만 들면 결코 녹록지 않다는 점만은 분명하게 알려준 싸움이었다.


## 결전! 총장 페인트 범벅 사건


호세 대학 시절, 대미를 장식한 2001년에 대단한 소동이 벌어졌다.

당시 대학 경영자들과 기업가들이 잠이 확 달아나는 꿍꿍이 수를 두었다. 대학을 "학생이 자유롭게 학문이나 연구, 자치활동을 행하는 장소"에서 "기업에 봉사하는 힘을 양성하는 장소"로 만들려는 포부를 비쳤던 것이다. 애고, 어쩜 그리 어리석단 말이냐. 우린 학비를 냈단 말이다. 재주 부리는 곰으로 우릴 키우겠다고? 정 그렇다면 돈이나 내놔!

그해 9월 21일, 호세 대학과 와세다 대학의 총장 및 오릭스(ORIX)*의

★ 오릭스: 부가가치가 높은 독특한 금융상품과 서비스를 제공하는 종합금융그룹.

미야우치(宮內) 회장을 비롯한 기업의 대표들이 호세 대학에 모여 작전 회의를 하려고 했다. 당시 가난뱅이의 반란 거점이었던 호세 대학에서 그런 발칙한 일을 벌이다니 말이 되는가! 그냥 둘 수는 없지. 우선 난입하여 악인들을 몰아내자는 의견이 우세하여 가난뱅이 학생 스무 명 이상이 작전 회의가 열린 곳으로 쳐들어갔다.

완성된 지 얼마 안 되는 27층 빌딩 맨 위층인 스카이라운지에 50명가량 모여서 엄숙하게 회의를 개최하려던 중진들은 한순간 혼란에 빠졌다! 이쪽은 단순 무식한 놈들뿐이라 다짜고짜 책상을 뒤집어엎고 페인트칠을 해대고 멋대로 소화기를 뿌려댔다. 네 발로 기어 달아나는 잘난 놈 등짝에 스프레이로 '개'라고 낙서를 하는 등 말 그대로 아비규환이 따로 없었다. 기대 이상의 전과를 올린 것이다! 무식해도 팔팔하다!

## (덤) 가쓰시카 별장 작전

페인트 공격이 대성공으로 끝났으면 좋았겠지만, 적이라고 손을 놓고 당하고만 있지는 않았다. 그들은 당연히 경찰을 불러들였다. 나는 체포당해서 유치장으로 끌려갔다. 아뿔싸, 큰일 났다! 이야, 좀 방심했나….

그러나! 그런 생각도 잠깐, 유치장도 알고 보니 눈이 튀어나올 만큼 즐거운 곳이었다! 6인실이었는데 유치장에는 조직폭력배 두목부터 마약상, 중국 복건성(福建省)에서 온 불법체류자 라면집 주인, 게임방의 체포요원 점장,* 고주망태가 되도록 취해 사람을 두들겨 팬 난폭한 미

★ 게임방의 체포요원 점장: 게임방이 단속당할 때 앞장서서 체포당하는 역할을 담당하는 가게 주인을 가리킨다.

국인(아프간 사람처럼 생겼던데!), 치한, 살인범, 위조카드 제조업자(홍콩 사람) 등 저녁 뉴스에 나올 법한 사람들로 가득 차 있었다. 전과 26범 사기꾼도 있었다! 이놈 저놈 할 것 없이 화제가 풍부해서 매일 배꼽이 빠질 정도로 웃으면서 잡담을 나누다 보니 감옥도 상상 이상으로 즐겁더

라 이 말이야!! 보통 때는 절대 들을 수 없는 극비 정보를 비롯해 사기꾼의 사기술, 흉악범의 인생관 등 허벌나게 사회 공부가 되었다. 정말 인상 깊었다.

이런 사람들과 매일 하는 일 없이 뒹굴면서 만화를 읽었는데 마치 약간 품위 없는 유스호스텔 같은 이미지를 풍겼다. 제군도 기회가 있으면 꼭 한번 행차해보시게.

덧붙여 처음에는 쓰키지 경찰서(築地署)의 유치장에 갔고(생선회가 나오지 않을까 기대가 컸는데 주문 도시락만 나왔다), 그 다음은 가쓰시카(葛飾)의 도쿄 구치소로 옮겨 4개월 반 후에 석방되었다.

지면의 제한도 있고 하니 저간의 사정에 관해 일부분만 소개하겠다. 당시의 대학은 학생을 돈벌이 도구로만 삼으려는 돼먹지 못한 생각만 꿍치고 있었기 때문에(지금은 더욱 심할 듯한데) 치열한 싸움이 벌어지곤 했다.

우리는 강의와 강의 사이에 맥주 파는 아가씨(옛날에 야구장에서 팔았듯이)를 배치하거나 캠퍼스 중앙에서 맥주 파티를 열어 학생들을 곤드레만드레 취하게 했다. 주정뱅이라도 출현하면 여세를 몰아 "나쁜 놈이 저쪽에 있다!"고 확성기로 호령을 치고 우르르 총장실에 난입하는 소동을 일으키기도 했다(이때는 정학 1개월 처분을 받았다).

지방에 여행 다닐 때마다 전단지를 뿌려두었더니 홋카이도에서 규슈까지 불똥이 튀어 학교나 카페 등 이런저런 곳에서 소동이 일어나기 시작했다! 지금은 어떻게 되었는지 알 도리가 없지만, 한번 보란 듯이 들고 일어난 것은 잘한 일이다.

# 가난뱅이 대반란 집단

자, 일단 순서를 따라 소개해보자. 대학에서 지나치게 소동을 일으킨 탓인지 한 번도 출석을 안 했는데도 학점을 주어서 거의 강제적으로 대학을 졸업했다. 할 수 없이 대학을 나와 거리로 나섰다. 2001년도 일이었다.

새삼스레 거리의 모습을 둘러보니 이 역시 따분하기 짝이 없었다. 잡다하고 오종종했던 거리가 몰라보게 정비되어 겉모습이 훤하게 바뀌었다. 사람이 모이는 광장도 커다란 상업시설 가운데 자리를 잡고 있어 훨씬 합리적으로 보인다. 하지만 "자, 이곳은 가족 나들이와 쇼핑을 하는 곳입니다" "자, 여기는 연인들이 야경을 보는 곳입니다" "자, 잡지를 보고 상경한 고교생 여러분들은 여기서 쇼핑을 하세요" 등등 구획을 정해 빈틈없이 틀이 꽉 짜인 거리가 되어버렸다. 흥, 번다하고 혼잡하여 엉뚱한 물건이 튀어나오는 것이 거리의 재미가 아니더냐! 그게 문화가 아니냔 말이다! 그렇게 질서정연하게 꾸며진 거리는 가짜란 말이다! 덜 떨어진 것들! 돈 돌려줘…. 그래서 거리를 다시 우리 것으로 탈환하기 위해 노력하기로 했다.

# 노상 대연회 작전

당시 거리에 붙어사는 가난뱅이가 소동을 일으키기 위한 군단으로 '가난뱅이 대반란 집단'을 결성했다. "가난뱅이는 하라는 대로 안 한다!" "수상 관저에 불을 지르자!" "나는 가난뱅이!" 등 불온한 말을 박은 티셔츠를 만들어 시내 구석구석에서 팔았다.

그런 일을 하는 사이 아는 사람도 늘어나고 해서 역 앞에서 게릴라 음주회를 열었다. 이것도 해보면 참 재미있으니까 제군도 한번 해보기 바란다.

우선 "가난뱅이들이여, 마음껏 설쳐보자! 역 앞 노상 음주회!!"라는 전단지를 1,000장쯤 준비해서 한꺼번에 뿌린다. 전단지에 자기 휴대전화 번호를 커다랗게 박아두면, 얼 나간 친구들이 "뭘 하는 겁니까? 재미있을 것 같네요!" 하고 여기저기서 전화를 걸어온다. 그러면 "이 바보야! 역 앞에서 술 마시고 있으니까 빨리 오라구!" 하고 막무가내로 부른다(마시는 장소는 누구라도 올 수 있는 거리여야 한다). 이런 식으로 친구의 친구의 친구를 불러 한 스무 명이 음주회를 열면 지나가던 사람도 모여든다. 떠들고 마시면서 당최 뭐가 뭔지 모르게 되어버리면, 그게 바로 재미의 정수!

사람들이 모이면 뭐가 돼도 된다. 그러는 동안 "나 저기서 가게 하고 있소" "저 골목으로 들어가면 이런 가게가 있으니까 다음에 가보쇼" 이런 이야기가 나오고 알쏭달쏭한 정보나 인맥이 생긴다. 이 말은 곧 다음부터 그 거리에 가면 갈 곳이 생긴다는 뜻이다. 이렇게 되면 따분하지 않다!

여기에 맛을 들이면 이곳저곳에서 이런 일을 벌이는 친구들이 생겨 난다. 여기서 본 놈이 다른 곳에도 나타난다. 고엔지처럼 젊은 축이 많은 거리에는 오사카에서 온 개그맨이나(별로 웃기지는 않지만) 근처에 사는 유명한 게이(나중에 들어보니 정말 유명했다), 가난해 보이는 학생, 프리터가 많다. 신주쿠 역 앞에서는 상사에게 불평을 퍼붓는 술 취한 월급쟁이에게 노숙자 아저씨가 다가와서 "어이, 거기 월급쟁이! 당신 돈 많지? 2,000엔 이상 갖고 있지?" 하며 엉뚱한 말을 외쳐서 싸움이 벌어질 뻔했다. 이케부쿠로에는 멀리서 놀러 온 사람이 많은 탓인지 의외로 사람들이 별로 모이지 않았다.

가장 재미있는 곳은 신주쿠다. 그 근처는 원체 인파가 많기도 하지만, 특히 재미있는 놈들이 많다. 지방에서 올라온 갓 스무 살이 되어 보이는 청년이 있었는데, 처음에는 깡패 부하처럼 인상이 험악하기에 경계를 했다. 하지만 시간이 좀 지나자 낯이 익어 기분이 한결 누그러졌는지 "한잔 하시지요" 하고 권하니까 함께 어울려 술을 마시기 시작했다. 얼굴은 무섭게 생긴 주제에 그는 "실은 친구가 없어서…" 하더니 "전화번호 알려줄 테니 심심할 때 좀 걸어주쇼" 하고 약한 모습까지 보였다. 또는 회사를 말아먹고 거리를 헤매는 사장 아저씨는 "요즘 사회는 가난뱅이가 돈을 가질 수 없는 시스템으로 되어 있다구! 내 원 참!" 하고 연설을 시작하기도 했다. 그 밖에도 술집 언니 같은 분이나 여권이 없는 외국인, 가출 소녀 등 음지에 웅크리고 있던 사람들이 모여들어 최강의 군단을 이루어버린다. 대단한 인물들과 사귈 수 있기 때문에 정말 해볼 만하다.

# 롯폰기 힐스 집회

거리에서 동료를 모으는 일도 재미있지만, 적의 본거지에 쳐들어가는 활동도 중요하다.

2003년, 악의 우두머리 롯폰기 힐스가 오픈했다. 바가지를 씌우는 데혈안이 된 놈들이 신이 난 이해 12월, 처음 맞는 크리스마스 기념으로 그곳에 설치한 일루미네이션〔電飾廣告〕과 크리스마스트리(이건 나쁜 취미다)가 화제에 올랐다. 흐음, 크리스마스에 편승한 상업노선 및 바가지 씌우기 상업빌딩의 등장! 적들이 으리으리한 이벤트를 열려는 것이다. 어이, 이놈들! 물리치자! 쫓아내자!!

그래서 봉기를 일으키기로 했다. 그 이름도 거룩한 '크리스마스 분쇄 찌개 집회! 롯폰기 힐스.' 물론 난로와 냄비를 대동한 가난뱅이가 엉겨 붙어 돈 한 푼 거덜 내지 않고 크리스마스를 즐긴다는 무시무시한 싸움이었다.

우선 '롯폰기 힐스를 불바다로!'라는 겁나는 전단지를 시내 각지에 약 1만 장 정도 뿌리면서 사람들에게 참가를 독려했다. 그날 가보니까 경찰이 새까맣게 모여 있었다! 경관과 기동대가 약 400명쯤 되었을까. 멍청이들…. 우린 그저 찌개를 끓여 먹을 뿐이라고요, 찌개!! 한가해도 유분수지!

시간이 되자 약속한 대로 가난뱅이들이 하나둘씩 모이기 시작했지만, 경찰이 빈대처럼 들끓고 있으니 어디 가까이 올 수나 있나. 사복형사도 감시를 한답시고, 냄비나 파를 들고 부근으로 향하는 사람에게 "어이, 거기 너! 그거 뭐 할 거야?" 하고 참견을 한다. 이놈 머리가 어떻게 된 거 아냐?

'가난뱅이 대반란 집단'을 경찰들은 '가난'이라고 줄여 부르는 모양이다. 경찰이 지나가던 궁색한 사람을 붙잡고 "어이, 너 '가난'이지? 찌개 끓일 거지? 집에 가서 발 닦고 잠이나 자!" 하고 화를 내는 바람에 아닌 밤중에 홍두깨를 맞은 사람은 충격을 받기도 했다. 사실 그 사람은 아무것도 모르는 순진한 사람이었다. 경찰이 뭐라고 모처럼 시골에서 열심히 일 좀 하자고 서울에 온 사람한테 그런 짓을 하는 거야!

롯폰기 힐스 주변을 경찰대와 험상궂은 형사가 잔뜩 메워버렸으니, 이 지경에 크리스마스고 뭐고 없었다. "뭐야? 무슨 일이야?" 하며 통행인도 모여들었다. 누군가 뭘 하는 거냐고 묻기에, "영화 촬영하고 있어요"라든지 "기무라 다쿠야가 온대요" 하고 유언비어를 퍼뜨리니까 그 소리를 듣고 사람들이 더 몰려왔다. 사람들은 경찰을 엑스트라로 생각하고 전혀 지시를 따르지 않았고 소동은 점점 수습하기 어려워졌다. 흠, 뭐야 이거, 엉성하잖아!

이렇게 되니 마음먹고 데이트하러 온 연인들도 거리를 떠나고 기무라 다쿠야를 보러 온 사람들만 북적였다. 결국 크리스마스를 상업적으로 이용하려던 롯폰기 힐스의 음모는 실패로 끝났다. 참으로 꼴좋게 되었다.

이만큼 큰 소동이 벌어졌으면 임무는 다했다. 이런 데서 찌개를 끓여봤자 재미가 없으므로 급히 장소를 변경하여 신주쿠 역 앞으로 이동했다. 재미있게도 이쪽은 아무런 문제가 없었다. 할 일이 없어 따분하다고 괜히 왔다 갔다 하는 놈, 자본가에게 속아서 거리로 데이트를 하러 나왔으나 돈이 없어 괜히 어슬렁어슬렁 거리를 헤매는 연인들, 여자 좀 꼬셔볼까 나왔다가 실패한 얼간이, 인상이 구겨진 조폭 등 언제나처럼 말뼈다귀 같은 놈들이 모여들었다. 정체 모를 파티가 열리는 것을 보고 경찰이 와서 한다는 말이 "쓰레기는 치우고 가라" 하고 그냥 지나간다. 어이, 일일이 '규칙'이니 '법률'이니 하더니 장소가 다르다고 대접이 이렇게 다른 거야! 멍청한 놈들, 뭐 하자는 거야!

2003년 당시 신주쿠는 아직 평화로운 편이어서 그냥 원만하게 넘어 갔지만 최근에는 행정 직원이나 경찰도 신경질적으로 변해서 거리에 서 찌개만 끓여도 쫓겨나기 십상이다. 정말 어처구니없는 세상이 되어 버렸다.

# 데모 작전

자, 이제까지 반란의 방식, 그러니까 멋대로 거리에 빌붙어 사는 방법을 소개했다. 그런데 길에서 마음대로 소란을 피우면 경찰이 잔소리를 할 때가 있다(제법 많다). "너희들, 도로 사용 허가는 받은 거냐?" "불은 피우면 안 돼!" 등등 시끄럽다. 그렇게 귀찮을 수가 없다. "나리, 뭘 그러세요, 술 좀 마시는 걸 갖고…" 하고 대꾸하면 보통은 "그럼, 뒤처리는 깨끗이 해야 돼!" 정도로 끝이 나지만, 유별난 경관한테 걸리면 "뭐 하는 거야! 도로교통법 위반으로 체포할 테다!" 하고 까칠하게 나온다. 노점 아저씨나 떠버리, 깽깽이, 외국인 액세서리 노점상한테는 아무 소리 못하면서 우리가 조금만 웅성거리면 눈을 부라리고 주의를 준다. 모처럼 찌개 냄비를 걸어놓은들 이런 귀찮은 경찰 아저씨 상대하느라 볼일을 못 보게 되면 짜증밖에 안 난다. 역 앞에서 술판을 벌인다고 도로 사용 허가를 내줄 것도 아니면서, 쳇.

견실한 찌개 투쟁도 중요하지만 세상에는 '데모'라는 훌륭한 무기가 있다. 경찰서에 신고만 하면 출발지에서 도착지까지 도로를 사용할 수 있다. 더구나 순찰대가 호위까지 해준다! 얼씨구, 좋구나! 물론 단순히 퍼레이드를 벌이는 게 아니라, 주장하고 싶은 것을 거리 곳곳에서 외쳐야 한다. 물론 공짜로!

외국 뉴스를 보면 알겠지만 데모란 멋대로 일으켰다가 큰 소동으로 번지는 게 보통이므로, 굳이 허락을 받고 말고 할 성질의 것은 아니다. 어이없게도 일본은 사전에 신고를 하도록 제도를 마련해두고 있지만, 거꾸로 생각하면 신고만 해두면 뭐든 해도 된다는 말이다.

세상에 불평이 많은 우리 가난뱅이에게는 안성맞춤이 아닐 수 없다! 우~ 사회에 대해 울화가 복받치는 제군, 너무 궁해서 할 일이 없는 제군, 뭔가 재미있는 이벤트가 없을까 해서 거리를 떠도는 제군! 그러고 있느니 데모를 하는 편이 훨씬 낫다네!!

약간 이야기가 샛길로 빠지지만, 경찰에 대해서 언급해두겠다. 경찰은 도둑을 잡거나 하여 거리의 치안을 유지해야 하지만, 그들의 고용주인 국가나 관료, 정치가가 욕먹는 것을 막아야 할 임무도 있다. 그래서 마을이나 공원에서 이벤트를 열어 조금이라도 세상에 불평을 늘어놓으려고 할라치면 무슨 짓을 해서라도 그만두게 만든다. 하물며 불평불만주의자의 데모라면 더욱 요주의 대상이다. 데모를 진압하기 위해 별의별 짓을 다 하는 것이다. 전단지도 못 뿌리게 하고 지나가던 사람이 기웃거리면 "껄떡대다 붙잡히고 싶어!" 하며 적당히 협박한다.

하지만 곰곰이 생각해보건대 왜 그들은 경찰이 되었을까? 도대체 갓 스무 살이 지난 나이에 경찰이 되려는 사람은 어떤 사람일까? 물론 정의감에 불타 경찰에 종사할 수도 있지만, 거리에서 자주 맞닥뜨리는 직질(職質, 직업을 묻는 질문)에서 알 수 있듯이 옛날에 당한 괴롭힘의 분풀이인 양 어깨에 힘을 주거나 국가가 시키는 일은 무조건 좋다고 여기는 어리벙벙한 놈들도 많다.

그런 놈들과 수작을 나눈다고 한들 무슨 좋은 일이 생기는 것도 아니건만, 막상 거리에 나가면 자꾸 쓸데없이 참견을 하려 든다. 아, 귀찮아! 그러나! 법률을 구실 삼아 시답지 않게 간섭이나 해대는 경찰과 "뭔가 재미있는 일이 없을까?" 하고 매일 머리를 쥐어짜며 거리를 배회하는 놈들과는 수준이 다르다는 것쯤은 이 책을 다 읽으면 금방 알 것이다.

마지막으로 한 가지, 데모란 말을 들으면 가끔 거리에서 볼 수 있는 'ㅇㅇ 반대!' 같은 따분한 행진을 연상하는 것은 아닌지? 어허! 그런 음침한 짓을 하라고 쓸 것 같은가? 도로를 사용하여 원하는 방법으로 말하고 싶은 것을 말하면서도 참신하고도 박력 넘치는 축제를 벌이자는 말이다! 시시한 데모를 하라는 것이 아니니까 잔말 말고 계속 읽어주길 바란다.

자, 최근에 경험한 데모를 소개해보겠다.


## '내 자전거 돌려줘' 데모

2005년 8월 '아마추어의 반란'을 열고 3개월쯤 지나 가게 일이 어느 정도 궤도에 올랐을 때, 고엔지에서 데모를 했다. 이른바 '내 자전거를 돌려줘'라는 것! 무슨 일인가 하면, 방치 자전거 철거라는 극악무도한 시스템에 반대하는 일이었다. 역 앞에 자전거를 두고 가게에 다녀오면 금방 트럭이 와서 집어가고는 심지어 견인 요금까지 내라고 한다. 바가

지를 씌워도 분수가 있지. 시골에서는 그런 일이 없으니까 잘 모를 수
도 있는데, 심야에 트럭으로 구식 자전거를 대거 수거해서 동남아시아
로 밀수하는 절도단을 상상하면 딱이다. 아니면 부잣집 아이를 차에 태
우고 돈을 요구하는 유괴범과도 닮았다. 그런 극악한 제도가 시 또는
구의 행정으로 이루어지는 걸 그냥 두고 볼 수만은 없었다. 하물며 자
전거가 없으면 역까지 갈 수 없는 우리 가난뱅이한테 견인 요금을
3,000엔, 5,000엔씩 내라니 언어도단도 유분수가 아닌가.

애초에 거리가 왜 이렇게 좁아터진 것이냐. 돈 벌기에 눈이 벌건 인
간들이 역 앞에 상업적인 시설만 만들었기 때문이 아니냐. 그런데 역이
비좁아진 탓을 이제 와서 우리한테 돌리다니, 으이구 속 터진다! 따끔
한 맛을 보여줄밖에!


## 초반전 '데모 신청'

우선 데모를 벌일 때 중요한 첫 순서는 데모 출발지를 정하고 그곳
관할 경찰서에 신청을 하러 가는 것이다. 당시는 고엔지에서 출발하여
나카노로 갔기 때문에 스기나미(杉並) 경찰서 담당이었다.

실은 그전에도 데모 경험은 없지 않았다. 학생 시절에 처음으로 한
'궁상스러운 가쿠라자카(神樂坂)를 지키자 데모' 이후에 짱짱한 데모를
여러 차례 벌였으므로 수속하는 방법은 대체로 알고 있었다. 하지만 척
척 알아서 하면 의심을 살까 염려하여 어설픈 초짜처럼 보이게 했다.
주최 단체도 '고엔지 니트* 조합'이라고 대강 그 자리에서 생각난 이름

★ 니트: NEET 즉 Not in Education, Employment or Training의 머리글자를 딴 신조어로, 취업을 위해 노력하지
않고 노동을 거부하는 새로운 계층을 가리킨다.

을 붙이고, 시간도 빈둥거리는 평일 대낮을 선택했다.

이때 '아마추어의 반란' 2호점(현재 10호점) 주인인 야마시타 히카루가 큰 활약을 펼쳤다. 이놈은 얼굴 자체가 빈티 나는 놈팡이처럼 보였으므로 작전은 술술 풀렸다. "할 일이 없으니깐요, 대낮에 게임하고 있던 애들이랑 하자고 했거들랑요" 하고 대강대강 둘러대서 경찰의 방심을 유도했다. 그러자 "몇 명이나 올 건데?" 하고 물었다. "대여섯… 아니, 열 명은 채우려고요" 하니까 접수하는 경비과의 경찰도 "니트 주제에 열 명? 세 놈밖에 안 오는 거 아냐?!" 하고 완전히 무시했다. 하지만 "그런 별 볼일 없는 데모는 안 하는 게 좋아. 오늘은 돌아가고 다시 생각해보고 오도록 해" 하고 어르다가 또 "그런 짓 할 바에야 일이나 찾을 것이지, 쯧!" 하고 하여간 말리려고 구슬리기 시작했다.

마침내 "데모를 하려면 돈이 들어. 정확히는 모르겠지만 꽤 들걸?" 하고 거짓말까지 했다. 그래도 하겠다니까 "구청에 진정을 내는 게 어때?" 하더니(이거야 옳은 말이지만!), "저놈들 좀 부탁합니다" 하는 식으로 결국은 접수를 마쳤다. 이때 접수 담당 경관이 경비과의 '노ㅇ 씨'였는데, 어수룩한 분위기에 출세에서는 한 발 비켜난 코믹한 인상의 아저씨였다.

데모를 위해 고생고생하여 퍼레이드용 자동차도 마련했다. 벌써 큼지막한 트럭을 준비해두었지만 의심을 받으면 큰일이다 싶어 "대나무 장대를 파는 친구가 차를 빌려줘서…" 하며 적당히 자동차 사용에 관한 허가도 받아냈다.

경찰서에 갈 때 '아마추어의 반란'에서 일하는 아르바이트 학생들이나 근처 헌책방 주인을 데리고 갔기 때문에 담당자 노ㅇ 씨도 뭐가 뭔지 몰랐을 터, 별일 아니라고 생각했을 것이다.

자, 디데이! 2톤 트럭 짐칸에 라이브 하우스의 사운드 시스템을 싣고 드럼 세트, 기타 앰프, 베이스 앰프에다 DJ 부스까지 갖추고 '내 자전거 돌려줘!' '니트 조합'이라고 쓴 4미터짜리 거대 현수막까지 걸었다.

손님이나 이웃 사람들에게 선전을 해서 나카노, 고엔지, 아사가야(阿佐ヶ谷) 근방에 방치한 자전거 바구니에 선전지를 수천 장이나 뿌렸더니, 출발지 공원에는 소동이 벌어진 줄 알고 숨차게 달려온 놈들이 100명이나 되었다. 최강의 데모 차가 맨 앞에 눈에 띄면 경찰한테 한 소리 들을까 봐 데모대 출발 시간까지 뒤쪽에 숨겼다.

출발 시각을 땡 친 순간, 근처에 있던 형들이 돌격 나팔을 불면서 데모 차를 앞세우고 갑자기 등장! 현장에 와 있던 노ㅇ 씨가 깜짝 놀라 "이것들! 이거 뭐야! 군고구마 팔자는 거야, 뭐야!"(←미묘한 착각) 하며 달려왔지만 그 소리가 들리지 않을 정도로 DJ가 짐칸에서 음악을 틀어대면서 데모대는 출발했다! 데모대가 대여섯 명 정도라고 예상했던 참이라 경비하는 경관도 10명밖에 오지 않았다. 그러니 얼씨구, 무법지대가 되었다! 조금 안됐지만, 과잉 경비는 데모에 방해가 되거들랑요!

데모대가 출발하자 곧 비상사태가 벌어졌다. 고엔지 역 앞에 이르자 눈치 빠른 DJ가 '고스트버스터즈' 같은 엉너리 음악을 크게 틀어 얼빠진 군중을 끌어들였고, 지나가던 사람들도 모여들었다! 데모 차에는 '내 자전거 돌려줘!'라는 깃발을 걸었으니, 거리 전체가 뭐가 뭔지 모르는 공간이 되어버렸다! 웃긴다, 웃겨!

데모대가 앞으로 전진하면서 DJ 타임에서 라이브 타임으로 바뀌었다. 고엔지 남쪽 출구에 있는 뮤직 스튜디오인 '스튜디오 DOM' 근처를 어슬렁거리는 하드코어 밴드가 속속 등장! 이동 중인 트럭 짐칸에서 쾅쾅 두들겨대기 시작했다. 상황이 이렇게까지 번지니, 마치 자전거를 돌려주지 않으면 큰일이 벌어질 듯한 분위기가 떠돌기 시작한다. 네거리나 역 앞처럼 번화한 곳을 지나칠 때는 "남의 자전거를 마음대로 가져가는 짓을 하면 되겠습니까, 안 되겠습니까?" 하고 연설 비스무레하게 떠들어댄다. 끝물에는 트럭 짐칸에 올라타서 술을 마시는 형들도 나오고, 운전석에 앉아 비눗방울을 부는 여자애까지 나타났으니, 그 꼴을 상상해보라.

이런 식으로 데모대는 고엔지의 이웃 동네인 나카노까지 진출하여 무사히 해산했다. 흐음, 여하튼 큰일을 냈다. 길가에 있던 사람도 "뭐야? 무슨 일이야?" 하며 눈을 크게 뜨고 지켜봤고, 그러다가 재미있는지 끼어드는 사람도 많이 있었다. 최고로 재미있는 이벤트였고 엄청 주목을 받았기 때문에 데모로서는 효과 만점 & 대성공이었다. 평화로운 일본에서 이런 일을 벌여도 괜찮을까….

## 3인 데모

갑자기 뻑적지근하게 데모를 해버렸으므로 그 후 스기나미 경찰서는 단단히 뿔이 났다. "두 번 다시 이런 데모는 못 하게 해주지!" 하고 벼르는 모양이었다. 앞으로 데모를 못하게 될까 봐 걱정이 앞선 우리는 화 풀어주기 작전을 궁리했다.

이때 나타난 묘안이 '3인 데모'인데, 믿어줄지 모르겠지만 3인 데모라고 해서 3명만 나가는 것은 아니다. 말하자면 경찰에게 얼마나 충성을 맹세하는지를 보여주는 데모인데, 이렇게 해두면 다음에 뭘 해도 확실히 OK가 아닐까.

다음 해인 2006년 1월에 데모를 신청하러 경찰서에 들어간 순간, 노○ 씨가 달려오더니 "뭐 하러 왔어?" "그런 게 데모야?" 하며 삿대질을 했다. 기가 팍 죽은 모습으로 "저기, 한 번 더 하고 싶은데요…" 하고 말을 꺼내니까 "안 돼, 절대 안 돼! 너희들은 못 해" "우리는 접수를 안 받으니까 사쿠라다몬(桜田門)에 있는 본청에 가서 상담이나 해보지?" "왜 우리 관할에서 하려고 안달이야? 딴 데 가서 하라구. 시부야(渋谷)로 가!" 하면서 문제적인 발언을 연발했다(이런 반응은 좀 재미있었다)!

여하간 눈치를 보니 씨도 안 먹히는 분위기라서 말썽쟁이 초등학생처럼 1시간 정도 얌전히 설교를 듣기만 했다. 그랬더니 노○ 씨도 화가 좀 풀리는지 "그래, 이번에는 뭘 하려구?" 하고 물었다(앗싸, 이제 됐다!). 전처럼 그 자리에서 생각나는 대로 "역 안 화장실에서 휴지를 100엔에 팔지 않으면 좋겠다"고 '데모의 목적'을 써넣고(이때도 아직 화가 덜 풀렸다), 데모하게 해달라고 떼를 썼다.

이리하여 결국 데모 당일, 원래는 참가자를 4명으로 신청했지만, 한 놈이 늦잠을 자는 바람에 3명이 되었다. 출발지 아사가야 역 북쪽 출구에 있는 공원으로 가보니, 예상대로 경찰이 죽 늘어서 있다! 저번처럼 큰 소동이 날까 봐 사복형사도 10명 남짓 와 있었다. 경관이 무전기로 얘기하는 것을 무심코 들었더니 근처에 기동대 버스까지 대기하고 있단다. 이보시오! 그렇게 3명이라고 말씀을 올렸건만 믿어주지 않으셨단 말입니까! 딱하십니다! 정말 3명밖에 없는 것을 본 노○ 씨도 "어, 이것뿐이야?" 하고 김이 빠진 듯했다. 한 술 더 떠 "뭐야, 이것밖에 안 되

면 곤란한데…. 경비대를 이만큼이나 불렀는데 말이지" 하고 하소연 비슷하게 귓가에 속삭였다. 아마 경찰서에서 사전 대책회의를 할 때 "걔네들, 거짓말을 밥 먹듯 하는걸요! 폭도처럼 변해서 젊은 애들이 달려들 게 뻔해요!!" 하고 수선을 떨었을 것이다. 어떠냐, 체면이 말이 아니지? 어허, 그러기에 3명뿐이라고 몇 번이나 말했잖아! 내 참! 데모하는 내내 3명 그대로였다. 우리는 보도가 아니라 차도로 걸었는데 경관이 교통을 통제하면서 우리들 앞뒤를 지켜주었다. 교통 통제용 자동차도 몇 대나 와 있었으니까. 큭큭!

경찰도 어깨에서 힘이 빠지는 듯 는적거렸다. 우리가 잡담을 하면서 걸었더니 "이봐! 이거 데모가 아니잖아" "뭐 할 말 없어? 'ㅇㅇ 반대'라고 말해야 되는 거 아냐!?" 하면서 퉁명스럽게 말을 걸었다. 도중에 재미있어 보이는 잡화점에 들어가려고 했더니 "못써! 한눈팔지 마!" 하고 혼냈다. 데모가 반쯤 진행되자 점점 짜증이 나는지 "자, 이제 그만! 그만해!" "이제 마음대로 보도로 걸어가! 경찰은 집에 갈 테니까!" 하고 멋대로 지껄이는가 하면, "우린 바쁘니까 그만 좀 하지! 한 번만 봐주게, 마쓰모토 군, 야마시타 군!" 하고 마음 약해지는 소리를 하기도 했다. 하지만 "조금만 더요, 조금만 더 갈게요" 하며 도착지인 고엔지 역까지 예정 시간의 절반인 약 45분 만에 무사히 데모를 마쳤다.

## 공포! 바람맞히기 데모

3인 데모와는 달리 경찰의 과잉 경비를 견제하는 작전으로 좀 심한 짓을 한 적도 있다. 전대미문의 '바람맞히기 데모'가 그것이다.

2004년 말, 그것도 크리스마스이브인 24일과 섣달그믐인 31일, 수백 명 규모의 데모를 신청해놓고 실제로는 아무도 나가지 않았다. 데모의 명칭도 '반정부 데모'라고 해놓고! 반정부라고 했으니 좀 쫄았을 텐데….

과연 덩치가 큰 기동대가 수백 명이나 출동하고 알카에다가 등장하지 않을까 사태를 보러 온 공안형사도 있었다. 말단 경찰이나 기동대원한테는 미안하지만 직업을 잘못 선택한 탓을 하는 수밖에. 가끔은 권력자한테도 견제구를 던져놓지 않으면 무슨 꿍꿍이를 벌일지 모르니까 우리도 어쩔 수 없단 말씀.

# 반PSE 데모

그런데 3인 데모 같은 일을 벌이는 동안 골치 아픈 문제가 생겼다. 2006년 3월, 2006년 1월 이래 안전기준 표시인 'PSE 표시'가 붙어 있지 않은 전자제품의 매매를 금지하는 악법, 즉 전자제품안전법(PSE법)을 실시한다는 뉴스가 나돌았던 것이다. 이런 법이 효력을 발생하면, 우선 대기업의 매출이 오른다. 하지만 더욱 심각한 문제는 쓸 수 있는 물건을 쓰레기로 버려야 한다는 점이다. 그렇게 되면 소비사회의 발달에 박차가 가해져서 빈티지 악기나 오디오, 1960~1970년대 복고풍 가전제품, 1980년대 추억이 담긴 엉너리 물건(이 시대는 엉뚱한 디자인이 많아서 일부 마니아에게 인기 만점이다), 옛날 인기 게임기(패미컴, 세가마크3) 등이 세상에서 자취를 감추게 된다.

퇴직한 관리들을 기용해 '가전 검사협회' 같은 것을 만들려고 그러는지, 아니면 가전제품 회사가 소비자에게 신상품을 사게 만들려고 꾸민 음모인지 잘 모르겠지만, 재활용 가게로서는 앉아서 당할 수는 없는 노릇이다.

그런데 이 법에 관해서 세상은 잘 모르는 듯했다. 재활용 물품업자에게 물어도 "그게 무슨 법인데?" 하는 식으로 거의 아는 게 없었다. 사카모토 류이치(坂本龍一)*가 서명운동을 상당히 대대적으로 벌이기 시작

★ 사카모토 류이치: 일본의 음악가, 음악 프로듀서이며 영화 〈마지막 황제〉에 출연하기도 했다. 환경문제와 평화문제 등에 대한 사회적 발언도 활발하게 한다. 최근 PSE법 반대운동의 중심 인물로 참가하여 긍정적인 결실을 거두었다.

하고 인터넷에서도 반대 여론이 비등했지만, 정작 거리에서는 반대운동 모습이 눈에 띄지 않았다. 입을 다무는 버릇이라도 생겼는지 아무 말이 없으니, 이럴 때 우리 특기인 데모를 한바탕 벌여보자고 얘기를

척

그렇지!!
바로 그런
데모를 하라고!!

꺼냈다.

아까 말했듯이 데모 신청부터 해야 했는데, 타이밍이 기가 막혔다! 3
인 데모를 한 직후라 경찰도 질려버렸는지 반PSE 데모를 한다니까 스
기나미 경찰서의 노○ 씨도 "그래, 바로 그거야. 그렇게 제대로 된 데모
를 하란 말이야!" 하며 철든 아들을 보고 기뻐하듯이 반겨주었다. 데모
의 과잉 경비나 방해는 거의 없다는 말씀!

우선 전단지를 뿌리거나 인터넷 선전을 해두고 물건을 팔거나 사러 오
는 손님들한테도 "이번에 진짜 왁자지껄할 테니까 와서 구경하세요" 하
고 알렸다. 늘 그렇듯이 이웃의 힘을 빌렸다. 아저씨, 아줌마들도 "열심
히 하라구" 하며 먹을 것을 가져다줄 정도로 슬슬 분위기가 달아올랐다.

데모 당일은 출발지인 고엔지 역 앞 공원에 200명 이상이 모여 대성

황을 이루었다! 데모의 선두에는 우리 가게에서 배달할 때 쓰는 작은 트럭을 앞세웠다. 선풍기 등 중고 가전제품을 잔뜩 실어 장갑차처럼 보이는 트럭으로 출격! 짐칸에는 20년 전의 중고 스테레오를 실어 음악을 틀었고, 규제의 대상이기도 한 패미컴*을 낡은 텔레비전에 연결하여

★ 패미컴: 닌텐도의 패밀리 컴퓨터의 약칭. 텔레비전에 연결해 게임팩을 꽂아 쓰는 구형 게임기.

수퍼마리오를 가지고 놀았다! 참가자는 모두 손에 전기밥솥이나 전기 스탠드 등 중고 가전제품을 들고 고엔지와 나카노를 행진했다. 데모 후반에는 뮤지션 소가베 게이이치(曾我部惠一, 서니데이 서비스의 옛 멤버) 씨도 가세하여 흥을 돋우었는데, 감미로운 사랑 노래를 부르는 소가베 씨한테 "이봐! PSE하고 관계없잖아! 집어치워!" 하며 우연히 참가한 로커빌리* 계열 사람들이 소리를 지르는 통에 뒤죽박죽이 되었다.

★ 로커빌리: Rockabilly. 초기 로큰롤의 하나. 컨트리 뮤직의 요소가 많고 1950년대 후반에 유행했다.

그런데 마침 이 문제가 매스컴에서도 화제가 되면서 저녁 7시 NHK 뉴스가 고엔지 데모를 크게 다루어 내보냈다. 해외로 내보내는 뉴스에도 나왔으므로 인도나 중국에 있는 친구들도 "마쓰모토, 뉴스에 나왔네!" 하고 깜짝 놀랐을 정도다. 이거야말로 효과 만점! 악법의 수괴인 경제산업장관이나 고이즈미 수상(당시)도 틀림없이 보았을 것이므로 간이 졸아붙었을 테지. 게다가 정당이나 시민단체가 주최한 것도 아니고 말뼈다귀 같은 놈들이 재활용 가게를 불러 모은 데다 이제까지 데모 같은 것은 해본 적이 없는 젊은 놈들이 모여 소동을 일으켰으니 겁 좀 났을 게다. 경제산업장관도, 상공단체도 교섭할 때 "데모가 일어나서 곤란한데…" 했다고 한다. 맛이 어떠냐, 정신 나간 정부 양반들아!

## PSE법 반대 신주쿠 역 앞 대집회!

이 데모가 얼마만큼 영향력이 있었는지는 짐작할 수 없지만, 며칠 뒤 정부는 'PSE 표시가 없어도 매매할 수 있다'고 발표하여 PSE법 실시를 사실상 철회했다! 우와! 이거 대단한걸! 놀라서 자빠지겠는걸!!

다만 정부의 발표가 '당분간 허가한다'는 식으로 뒤끝이 안 좋았기 때문에 다시는 PSE의 P자 소리를 못하도록 확실하게 못을 박아두기 위해 한 번 더 데모를 벌이기로 했다.

이번에는 데모는 하지 않고 게릴라처럼 신주쿠 역 앞에서 퍼포먼스를 보여주기로 했다. 그러나 갑자기 역 앞을 점거하여 소동을 벌이면 경찰이 와서 도로교통법 위반이라면서 방해할 가능성이 있어서 계략을 세워야 했다. 그래서 생각한 것이 정당의 선전 자동차다. 우리가 역 앞에서 떠들면 화를 내는 주제에, 정당의 자동차가 확성기로 연설을 하면 그냥 두지 않나. 뭐 이런 게 다 있어! 자, 어떻게든 그 차를 빌려보자.

그래서 PSE법 실시에 반대하는 야당에 전화를 걸었다. 민주당은 빌려주기 싫단다. 뭐야, 인정머리 없기는! 공산당은 "일본공산당이라는 커다란 글자를 앞에 걸면 빌려주겠다"고 하니 머리털이 쭈뼛 섰다! 사민당은 "지금은 말이지, 자동차가 없어서…" 하는 것이다. 아이고! 아니 이런 비상시에 자동차가 없다니 사민당은 그래 가지고 굴러가긴 굴러가는 거야?! 그런데 최후의 수단으로 옛날에 사민당에서 갈라져 나온 신사회당이라는 최약소정당에 전화를 했더니 "으응, 좋아, 맘대로 써" 하는 것이다. 앗싸! 이럴 때는 약소정당이 힘이 되는구나!

이렇게 데모 차를 빌리는 데 성공하여 데모 1주일 후인 3월 25일, 저녁부터 신주쿠 알타(ALTA)* 앞에서 집결! 정당의 자동차가 있으니 문제

★ 알타: 각종 가게를 비롯해 식당, 미용실 등을 두루 갖춘 최신 종합상가 건물.

신주쿠 알타 앞에서. "PSE법에 마지막 한방을 먹이자! 중고 가전제품을 지키자! PSE법 따위는 집어치워라!"

없다! 거리 선전 차에 DJ 부스를 만들어 귀가 떨어져라 음악을 틀어댔더니(정당 자동차의 스피커를 사용해서 DJ 이벤트를 벌인 건 일본 최초가 아닐까?) 사람들이 모여들었다. 저녁 때 알타 앞에는 사람들이 깔려 죽을 정도로 많아서 대혼잡을 이루었다! 지방에서 올라온 재활용업자들이 "그따위 법은 집어치워라" 하고 연설을 했고, 이벤트 소식을 들은 국회의원이 나와 연설을 하니 정말 볼 만한 데모가 되어버렸다.

그래서 시행 예정인 4월 전에 PSE법을 막는 데 성공하여 재활용 가게인 '아마추어의 반란' 5호점은 도산을 면할 수 있었다. 내 참, 정말! 두눈 부라리고 지켜볼 거야! 다음에 또 허튼수작 부리면 가만 안 둘 거야!

# 월세 공짜를 위한 데모

2006년 9월, 고엔지에서 이번에는 '월세 공짜를 위한 데모'를 일으켰다. 고엔지는 뭘 하고 벌어먹는지 알 수 없는 패거리가 우글거리는데 모두 비싼 월세 때문에 괴로워한다. 조상이 근방의 땅을 취해 원주민을 내몰고 저택인지 뭔지를 지었는지는 모르겠지만, 멋대로 자기 땅이라면서 값을 매긴 것이 전후 토지제도의 실상이었다. 그런 놈들한테 왜 돈을 내야 하느냐는 분노가 드디어 폭발한 것이다.

이번 코스는 나카노에서 고엔지까지로 '내 자전거 돌려줘 데모'나 '반PSE 데모'와는 반대다. 2톤 트럭을 빌려 예전처럼 거대 사운드 시스템을 싣고 괴상망측한 기계로 개조했다. 소리를 중시하는 이유는 우선 우리가 즐겁게 하기 위해서지만 주변의 혼란을 가중시키려는 의도 때문이다. 질서정연하게 데모를 해봐야 아무도 눈길 한 번 주지 않는다. 그게 뭔 데모람. 모처럼 '데몬스트레이션'으로 쌓이고 쌓인 불만을 터뜨리려고 작정했다면 틈만 나면 음향을 꽝꽝 울려 사람들의 시선을 모으고 교통을 마비시켜 조금이라도 세상을 들썩거리게 해야 보람이 있다. 이게 바로 비폭력 직접행동이라는 거다. 까불지 말라는 경고를 귀청이 떨어지게 알리려면 마냥 예의 바르게 굴 수가 없는 법이다. 대혼란 만만세!

그래서 이번에도 출발지인 나카노 북쪽 출구의 공원에 하나둘씩 가난뱅이, 빈둥거리는 놈, 정신 나간 놈, 심심한 놈 등 오합지졸이 백 몇십 명 정도 집결하여 "월세가 너무 비싸다" "먹을 것을 달라"고 쓴 플래카드를 내걸고 데모를 시작했다.

이때 벌인 데모에는 강력한 신무기가 등장했다. '길거리 마루' 작전이다. 커다란 판자에 자동차 타이어를 붙인 다음 그 위에 밥상을 설치하여 이동 가능한 가정집 마루를 단란하게 연출! 데모를 하면서 느긋하게 쉰다는 개념이다. 헤헤, 어떠냐. 거기에 밥과 아버지가 마시는 한 홉들이 술병을 준비했으니, 볼 만할 거다! 특히 지나가는 사람들한테 큰 인기를 끌었다. 저마다 '나도, 나도' 하며 '길거리 마루'로 들어왔다. 이동 밥상 앞에 책상다리를 하고 턱 하니 앉아 한 손에는 술병을, 한 손에는 확성기를 들고는 "이제 방세 안 낼 거야" 하고 외치니 꽤 박력이 있었다.

덧붙여 이 데모에는 작가이자 가난뱅이 계급의 선동가 아마미야 가린(雨宮処凛)도 함께했는데, 밥상 앞에서 할 말 다하는 선동가의 본때를 보여주었다. "집이 코딱지만 하닷" 하고 외치거나 경찰이 불어나니까 "지금 이거는 방세를 낼 수 없는 경찰들의 데모랍니다" 하고 거짓말을 하기 시작했다! 이번에는 나카노에서 출발했기에 관할서가 스기나미 경찰서가 아니었다. 노○ 씨 같은 유순한 지휘관 대신 송곳 들어갈 틈도 없는 고지식하고 재미없는 경찰을 상대해야 했다. 그 경찰은 차선만 밟아도 호통을 치고, 너무 빠르네, 너무 느리네, 잔소리를 퍼부으며 방해를 해댔다. 하지만 이런 엄혹한 때일수록 멍청함이야말로 최강의 무기다. 이동하는 밥상에 기동대를 투입할 수는 없을 텐데 어쩌누, 동정 어린 얼굴로 지켜보기만 했다. 길거리에 서 있던 사람들은 부러운 듯이 밥상을 쳐다보았기 때문에 손님 끄는 작전으로는 최고였다. 밥상을 구실로 점점 데모대는 불어났고, 급기야 신명이 난 사람들이 단란한 밥상을 경찰대에 내미는 공격을 감행하기도 했다. 데모대 꼬리에 있던 사람의 증언에 따르면, 뒤에서 따라온 경찰도 "아, 이거 손을 못 대겠네. 할 수 없는걸" 하며 한숨을 내쉬었다고 한다.

DJ도 이번에는 멋진 플레이를 보여주었다. 전에 '내 자전거 돌려줘 데모' 때는 트럭 짐칸에 10명 이상 올라타서 난리법석을 피운 탓인지 "절대로 짐칸에 사람을 태우면 안 돼" 하고 강하게 주의를 받았다. 근거가 없는 말이니 따를 필요는 없겠지만 소리를 못 내면 재미가 없으니 기자재를 짐칸 옆쪽에 설치했다. 그래서 DJ는 차 옆에 찰싹 달라붙어 게걸음을 치며 연주를 해야 하는 희대의 스타일이 창조되었다. 우리 같은 얼간이들의 이벤트를 좋아하는 Deep Throat X는 이런 상태에도 굴하지 않고 샘플러를 사용하여 라이브를 감행했다. 흐음, 장하다, 장해!!

먼저 정신 나간 DJ 그룹인 Radio Maroon이 신나는 곡을 틀어주자 모두들 춤을 추기 시작했다. 경찰이 붉으락푸르락하여 "소리 좀 줄여!" 하고 주의를 줄 때가 되었다 싶으면, 선수를 쳐서 모리 신이치(森進一)의 구슬픈 엔카 〈에리모 미사키〉(襟裳岬) 같은 걸 내보낸다. "음, 이런 건 괜찮네"(뭐가 괜찮수!) 하고 경찰이 마음을 놓겠다 싶으면, 바로 마이크를 들고 불평불만을 쏟아낸다. 이런 식으로 정말 기막힌 솜씨를 발휘해주었다.

드디어 홈그라운드인 고엔지로 입성할 무렵에는 음악과 밥상, 캔맥주로 모아들인 무리가 3백여 명으로 불어났다. 고엔지 역이 가까워지면서 데모가 절정으로 치닫게 될 즈음, 새로운 작전을 개시! 데모 코스인 무인 주차장에 트럭을 세우고 안에 숨겨놓은 가마를 꺼내 가마꾼과 같이 데모대에 투입했다! 데모대의 꽁무니 쪽에서 갑자기 '니트 조합'이라고 쓴 가마를 메고 "영차, 영차! 어기야디야!" 하며 달려들었으니

혼쭐이 날밖에!

이렇게 된 이상 질서고 나발이고 이미 십 리 밖이다! 함께 걷던 사람들도 DJ도 밥상도 모두들 열이 오를 대로 올랐다. 그 기세로 역 앞을 향했다. 역 주변에 있던 사람들은 시끄러운 소리를 듣고 "야, 무슨 일이 생겼나 봐! 무슨 일이지?" 하며 모여들었다. 데모의 도착지인 역 앞 공원에 가려면 한 길에서 골목으로 꺾어 들어가야 하는데, 그곳이 대혼잡으로 들끓었다. 좁은 길에 수백 명이 몰려들질 않나, 반대쪽에서는 역에서 소리를 듣고 달려오는 사람이 있질 않나, 여하튼 대단한 인파였다. 데모할 때는 뜸뜸이 늘어져 있던 대열이 빡빡하게 모이게 되었고, 사운드 시스템은 이때다 하고 물 만난 고기마냥 볼륨을 높여 음악을 내보냈다. 주변에는 밥상이 널려 있고 가마가 나오는 등 공원 주변은 이미 공황 상태였다!

결국 기다리다 못해 몸을 비비 틀던 경찰도 해산 장소인 공원 안으로 빨리 데모대를 몰아넣으려고 데모대의 중심인 가마 주변에 몰려들어 가마 메는 막대기를 잡아끌었다. 멀리서 보면 마치 후줄근한 놈들 가운데서 경관이 가마를 메고 있는 듯한 광경이 연출되었다. "앗! 경찰이 가마를 메고 간다!"는 소리가 길가에서 터져 나오니까 창피했던지 경찰은 갑자기 정색을 하고 가마를 끌어당겼다. 그 바람에 가마꾼과 한창 실랑이가 벌어졌고 급기야는 가마가 우지끈 부서져버렸다. 이 역시 있을 수 없는 광경이었다. 이로써 데모라는 이름의 축제는 화려하게 막을 내렸다.

아하, 정말 웅대하고 통쾌한 데모였다….

# 선거 작전

항간에는 선거가 자주 이루어진다. 역 앞에서 누가 자기 이름을 가장 많이 외치는지 경쟁하는 이벤트처럼 보인다. 조금이라도 나쁜 놈이 사라졌으면 싶은 마음에 선거에는 참여하려고 하지만, 기본적으로는 흥미가 생기지 않는다. '선거'란 돈에 눈이 먼 놈들이 권력을 가지려고 싸움질 하는 게 아니면, 정의감에 불타는 놈이 당선되지도 않을 거면서 입후보한다는 이미지로밖에 떠오르지 않는다.

선거에 출마하는 사람들을 보면 아무도 들어주지 않는데도 역 앞이나 네거리, 백화점 앞 같은 길목 좋은 곳에서 연설을 한다. 혼자 신이 나서 떠들다니, 알다가도 모를 일이다. 선거용 차도 역 앞 교차로에 늘 정차하고 있다. 이보시오, 데모할 때는 이러니저러니 간섭을 해대더니, 어째서 선거할 때는 찍 소리가 없는 거요? 우리도 길목 좋은 데서 데모 좀 해봅시다. 기가 막혀…. 부러워 침이 다 나오네! 빌어먹을!

잠깐만!? 그럴 게 아니라 입후보해서 직접 해보면 될 것 아냐? 어라, 뭐라고라고라?

# 사전 준비: '혁명 후의 세계'를 만들다

마침 그때 선거철이 다가왔기에 주저 없이 입후보를 하기로 했다. 2007년 4월 22일에 투표하는 스기나미 구의회의원 선거였다.

말할 것도 없지만, 금배지가 탐나서 선거에 참여하려는 게 아니라 어디까지나 길거리를 우리 것으로 탈환하기 위한 방책으로 시도해본 것이었다. 입에 침도 안 바르고 거짓말만 하는 놈들이 어쩌다 당선되어 의회에 나가서는 얼빠진 늙은이들을 상대로 자신의 주장을 펴는 꼴을 보자면 속이 터진다. 나는 선거기간 동안만이라도 역 앞을 답답한 규제나 억압을 풀어버린 해방의 공간, 즉 '혁명 후의 세계'로 멋대로 만들자고 생각했다. 그러니까 당연히 동네 토박이나 유지들한테 잘 보이려고 손바닥을 비빌 필요도 없다. 첫새벽부터 역 앞에 나가 "안녕히 주무셨어요. 잘 다녀오세요" 하며 꼭두각시처럼 인사를 안 해도 된다. 선거기간 동안 하고 싶었던 말이나 실컷 떠들어댈 생각이니까, 어찌 보면 보통 선거전과는 다르다.

하여간 이 기간에는 기본적으로 역 앞이든 어디에서든 언론 활동이라면 무엇을 해도 군소리가 없다, 이거다! 이런 해방구가 어디 있을쏘냐? 더구나 선거 활동은 공짜로 할 수 있으니까 돈 걱정도 없다. 음, 이거 재미있겠는걸.

재빨리 준비 작업에 착수, 우선 본거지인 기타나카 거리 상점가에서 '돈 없는 심심한 사람이 소란을 피우기 위한 작전 회의'라는 전야 이벤트를 열었다. 3월 7일에 토크 이벤트 중심으로 1부를 열었고, DJ나 라이브, 영상 등을 곁들였다. 곧이어 3월 30일에 2부를 열었다. 각각 백 명 이상이 몰려들어 선거를 틈탄 소란의 백미를 보여주었다. 아는 사람이 디자인을 해준 선거 포스터도 완성했다. 이렇게 드디어 결전의 날이 코앞으로 다가왔다!

우선 데모 방식은 트럭에 거대한 앰프와 스피커를 싣고 온몸이 오그라들 만큼 소리가 울리는 선거 자동차를 만들기로 했다. 선거위반이니 뭐니 하면서 이벤트를 못하게 하면 짜증이 나므로 선거관리위원회에 선거 자동차의 합법성 여부를 확인하면서 착착 준비를 해나갔다.

이윽고 기자재도 다 구해놓고 며칠 후로 다가온 선거의 고시를 기다리고 있을 때 사운드 선거 작전을 눈치챈 모양인지 예의 스기나미 경찰이 갑자기 태클을 걸어왔다. 스기나미 경찰 曰, "2톤 트럭은 안 돼"였다. 근거가 없는 소리를 하기에 항의를 했더니 이번에는 "사륜구동 트럭이면 뭐 괜찮겠지…. (도쿄에는 이런 트럭이 거의 존재하지 않는다!)" 이러는 것이었다. 음, 이거 노골적인 방해공작이잖아?! 그렇다고 기가 꺾일 순 없지! 아는 사람들을 찾아다니며 발품을 팔아 결국 나가노(長野) 현의 농가에서 사륜구동 트럭을 빌리는 데 성공했다! 선거 개시 며칠 전이었기에 가게 문을 닫은 야밤에 나가노로 한달음에 달려가서 빌려왔다. 어떠냐, 꼴좋다!

그래서 이젠 됐겠지 했는데, 아무래도 스기나미 경찰 나리들은 사운드 시스템만은 제지하고 싶었는지 이번에는 "덮개가 없는 차는 안 돼" 하였다. 엉터리 같은 작자들아! 사운드 시스템을 덮개 속에 넣어버리면 죽도 밥도 안 되잖아? 하도 열이 받치기에 이 이상 간섭을 받지 않도록 선거 직전까지 경찰과 연락을 끊고 극비리에 개조 작전을 개시했다. 트럭 짐칸에 나무 막대기를 높게 세운 다음 거기에 투명 비닐을 씌워서

고엔지 구의회의원 선거에 입후보한 마쓰모토. "지금부터 1주일 동안 야단법석 축제를 엽시다!"

그 안에 사운드 시스템의 스피커 부분만 넣었다. 이리하여 외양도 알맹이도 상상을 불허하는 기상천외한 기계가 완성되었다. 자알 봐라, 어딜 보나 덮개를 제대로 씌운 트럭이지? 소리를 낼 때는 덮개 비닐을 걷으면 되니까 뭐라 하지 않겠지.

선거기간이 시작되기 전날, 선거 자동차의 사전 검사가 있었을 때 오랜만에 경찰과 대면했다. 비장의 자동차를 스기나미 서에 갖고 간 순간, 심사를 담당한 경관이 "그거, 덮개가 아니잖아! 절대 안 돼!" 하였다. 데모 때 낯을 익힌 경찰들도 모여든다. "이건 안 되겠는걸" 하며 무조건 우기는 소리를 늘어놓으며 자기들끼리 고개를 주억거린다. 이쪽도 지지 않고 "덮개 씌우면 된다고 하지 않았소?" 하고 물러나지 않았다. 한참 실랑이를 한 끝에 "자, 선거관리위원회에 물어보자!"라는 해결책에 합의를 보았다. 당장 전화를 걸어보니 "덮개의 재료나 색깔에는 특별히 규정이 없으니까 문제없죠!" 하는 깔끔한 대답이 돌아왔다. 헤~ 이겼다! 머저리 얼간이 경찰들아!

형사들이 일제히 풀이 죽어 떫은 표정으로 심사를 통과시켰다. 하하하, 그래 내 뭐라 그랬어? 꼴좋구나! 우리 머리는 못 따라오지롱!


## 첫날, ECD와 필래스틴 등장


선거전 첫날, 우선 포스터를 붙이는 일부터 단순 무식하게 힘든 작업을 해냈다. 500개나 되는 게시판에 포스터를 일제히 붙였던 것이다. 구청이 안 해주는 이상 자기 힘으로 할 수밖에 없었는데, 손님이나 동료들, 이웃 주민들이 도와주었다.

다음은 저녁때 준비한 첫 소동을 기다리기만 하면 되었다! 다른 후보자는 꽁무니에 불이 붙은 것처럼 정신없이 꼭두새벽부터 뛰어다녔지만 우리의 사운드 선거 자동차는 기타나카 거리 상점가에 정차한 채 꼼짝도 하지 않았다! 상점가에 마련한 선거사무소에서 낮잠을 자는 우릴 보고 다른 후보 진영은 아니꼬워했다….

자, 이날은 첫날이므로 기세 좋게 한판 벌이기로 했다. 처음부터 대충 어림으로 서서히 볼륨을 높여가면 나중에 제지를 당하니까 처음부터 최강 수준의 소동을 일으키기로 했다.

일본에 온 미국인 DJ 필래스틴(Filastine)이 등장! 그는 시애틀의 반WTO 시위나 반G8 데모 때도 길 위에서 연주를 하여 군중의 신명을 돋우었다는 전설의 남자. 선거를 위해 귀국 일정을 늦추고 일부러 일본에 머무르고 있던 참이었다. 그날 저녁 필래스틴이 우리를 찾아왔으니, 이건 운명⋯. 오늘 무슨 일이 일어난다는 소문을 듣고 모여든 사람들이 기타나카 거리에 넘치고 넘쳤다. 아, 불온해! 너무 불온해!

작전 개시 시각인 6시, 드디어 출동의 때가 왔다. 꿈쩍도 안 하던 선거 자동차도 무거운 엉덩이를 움직이기 시작하여 약 400미터 앞에 있는 역 앞 교차로로 이동!

역 앞에 도착하니 선거 첫날인 만큼 자민당, 공명당, 민주당 패거리가 열을 올리며 시답지 않은 연설을 하고 있었다. 더구나 왜 그런지 모르겠지만, 서로 양보하여 교대로 연설을 한다. 적들끼리 그래도 되는 거야? 이것만 봐도 선거가 얼마나 눈 가리고 아웅인지 알 수 있다. 물론 우리는 그런 건 전부 무시했다. 우와 하고 역 앞 가장 목이 좋은 곳에 차를 대고 다른 세력이 연설을 하든 말든 상관없이 고막을 찢을 듯한 음악을 쿵쿵 울려 분위기를 띄웠다. 흐흥, 얼씨구! 1초 만에 길거리가 딴 곳이 되었다!

데모할 때와는 달리 역 앞 제일 좋은 목에 자리를 잡았으니 데모와는 비할 바가 못 된다. 고엔지 역 앞이 음악으로 들썩들썩하니 자동차 옆에서 춤추는 놈까지 있다. 이런 광경이 벌어지는데 사람이 안 모일 리 없다. 곁을 지나가던 사람 중에는 뭐가 뭔지도 모르면서 "여기 구경거리가 있어. 빨리 와 봐!" 하고 휴대전화를 거는 사람도 있었다. 이렇게 감당할 수 없는 소란을 피워대니 군중이 100명, 200명으로 늘어났다. 슬슬 달아오르던 이때 필래스틴 등장! 그는 이 상황을 매우 즐거워하며 음악을 틀어댔고 역 앞은 대혼란을 이루었다! 마침 멕시코에서 일본으로 들어온 그는 "야~, 이거 멕시코보다 일본이 더 대단한걸!" 하고 어깨춤을 추었다. 일단 그는 '응원연설'을 해주러 온 사람으로 되어 있었는데 '스기나미 구의회의원 선거운동원'이라고 떡 하니 완장까지 찼겠다, 아무 문제가 없다. 자, 언론 활동(그러니까 사운드)을 맘껏 펼치자!

이렇게 후끈 열기가 달아올랐을 때 결정타를 날리듯이 게스트가 등장했으니, 알 사람은 다 아는 래퍼 ECD! 사전에 연락을 했을 때는 스케줄이 꽉 차서 오기 힘들다더니 예정보다 일정이 빨리 끝났다며 갑자기 나타난 것이다! 더구나 왠지 신이 나서는 마이크를 쥐고 앰프에 플러그를 꽂더니 "너희들 얘기를 들을 우리가 아니야" 하며 필래스틴을 태우고 난무를 시작했다! 어처구니없는 꿈의 경연이 고엔지 역 앞 길에서, 그것도 구의회의원 선거에서 펼쳐지고 있었다. 핫하하! 단순한 구의원 선거인데 미국인 DJ에다 래퍼 ECD에다… 장난이 아니었다. 희한한 광경이 펼쳐지면서 역 근처는 팔팔한 해방구가 되었다. 첫날부터 작전은 대성공이었다. 중간중간에 "가난뱅이가 설치면 매일 축제다, 축제야!" "따분한 이 세상, 얌전하게 살 줄 알고! 가난뱅이의 본때를 보여줄 거야!" 등 마쓰모토 후보의 '가두연설'도 섞어 넣었다.

선거의 파워는 대단했다. 누구도 말리는 사람이 없었다. JR에 속한 부지에서 소동을 일으켰더니 역장이 달려왔다. 하지만 도리어 경찰이 선거니까 참아달라고 역장을 만류했다. 110번이나 선거관리위원회로 불평 신고가 들어와도 선거니까 문제 될 것 없다고 막아준다. 법률을 완벽하게 지켰기 때문에 선관위나 경찰이 편을 들어주는 것이다. 가끔 혈기 왕성한 스기나미 경찰서의 형사가 "너네, 좀 심한 것 아냐?" 하고 주의를 준다. 하지만 이쪽에서 "뭐라고요?" 하고 받아치면 "선거니까

할 수 없지, 중얼중얼+투덜투덜…" 한다. 좋았어!

지금 자민당 정권을 떠받치는 것도 선거. 데모는 불온한 세력이 전담하지만, 선거는 정권 기반을 유지해주기 때문에 선거운동단한테는 손을 대지 않는다. 우리를 규제하면 자기네들도 규제해야 하니까. 오호, 이렇게 좋을 수가!

첫날 이벤트를 출발점으로 선거 1주일 동안 매일같이 이벤트를 열었다. 선거 준비 기간부터 이벤트에 나오라고 여기저기 초대를 남발한 데다 선거인 줄도 모르는 놈들이 "4월에는 역 앞에서 뭘 해도 된다던데 저희들이 뭘 좀 하면 안 될까요?" 하고 달라붙었기 때문에 예약 스케줄이 꽉 차버렸다. 그 결과 하루도 빼놓지 않고 고엔지 역 앞에서 법석을 떨었다.

첫날인 일요일에 벌인 야외 라이브 공연에 비교해서 조금 차분하게 선거운동을 하고 있으면, 다른 후보자의 선거 자동차에서 소리가 들려온다. 역 앞에서 곧잘 부딪치던 자민당(自民黨) 후보자도 눈앞을 지나간다. 아닌 밤중에 홍두깨 격으로 "마쓰모토 후보님의 건투를 빕니다" 하면서 마이크로 크게 외친다. 아마 후보끼리는 으레 이렇게 인사를 나누는 듯하다. 그런 건 내 알 바 아니지만…. 도리어 이때다 싶을 때 "난 ○○ 후보(누군지 까먹었다)의 건투를 빌지 않습니다. 자민당을 보기 좋게 낙선시키자!!" 하고 볼륨을 높여 되받아쳤다. 이게 의외로 청중들한테 호평을 얻었다. 공명당(公明黨)★이 지나갈 때는 "뒈져라 창가학회(創價

★ 공명당: 일본의 종교단체인 창가학회(創價學會)가 1964년에 세운 정당. 이후 자민당(자유민주당)과 사회당 양당의 대립구도 속에서 세력을 유지하였다.

學會) 같으니라구! 여당에 빌붙어가지고는! 집에 가서 잠이나 자라!" 하고 비난을 퍼부었다. 모처럼 맞이한 선거인데 괜히 예의를 차린다는 것도 웃기는 짓이다. 과하다 싶을 정도로 싸움을 걸어서 맞짱을 좀 떠보자 싶었는데, 이놈도 저놈도 좀스런 놈들만 있는지 도대체 흥이 나질 않는다. 뭐야, 김 빠지네…. 그런데 그놈들, 몰래 경찰한테 일러바친 모양이다. 다음 날 경관한테 "마쓰모토 씨, 그런 비방은 좀 참으시죠…. 다른 후보자들이 불만을 품어요" 하는 전화가 왔다. 뭐야, 빌어먹을, 비겁하게!

## 전설의 화요일부터 토크 이벤트를 연 금요일까지

전설의 화요일을 소개하겠다. 이날은 고엔지 특유의 하드코어 펑크로 물들었는데, '아마추어의 반란'과 친하게 지내는 음악 스튜디오(스튜디오 DOM) 사람들이 이벤트를 주최하여 첫날 못지않은 성황을 이루었다.

아쉽게도 그날은 비가 왔다. 지붕 없는 역 앞에서 기자재가 다 젖으면 안 될 것 같아 DOM한테 비가 쉬 그칠 것 같지 않은데 어떻게 하면 좋겠는지 물어보았다. 그랬더니 예정대로 밀고 나가겠다면서 의욕이 대단했다. 이거, 만만치 않은 놈들인데! 결국 역의 북쪽 출구 네거리 앞 광장에 텐트를 치고(운동회에서 자주 볼 수 있는 것) 라이브를 열었다.

저녁이 되어 라이브 콘서트가 시작되었는데 과연 혀를 내두를 하드코어였다. 라이브를 시작한 순간 고엔지에 폭음이 진동했다. 그러자 JR 역무원, 경찰, 근처 호텔에서 사람들이 달려 나왔다! 간이 떨어지는 줄 알았겠지. 그중에 호텔 관계자 아저씨는 화가 머리끝까지 치민 듯했다. 그도 그럴 것이 이 호텔은 선거 직전에 막 개업한 참인데, 이런 곤경을 치르니 말이다. "이러면 손님이 놀라잖아" 하고 소리를 질렀지만, 선거

기간에 고엔지 역 앞에서 숙면을 취하겠다는 발상 자체가 틀려먹은 거 아니야? 그저 천재지변으로 여기고 참아줄 수밖에 없지 않겠어? 게다가 이름을 고래고래 외치는 건 괜찮고 밴드 연주는 안 된다는 건 말이 안 된다. 경찰은 경찰대로 "공직선거법에서는 '기세를 떨치는 행위'는 금지되어 있으니 이런 음악은 선거법 위반이야" 하는 것이다. 무슨 소린지 몰라 몇 번이나 되물으니 "주변에서 무서워하거나 놀라는 행위는 안 돼" 하는 것이다. 이런, 무슨 실례의 말씀! DJ나 랩은 괜찮고 하드코어는 안 된다는 말?! 자, 재즈나 블루스, 포크음악은 괜찮고 노이즈나 하드록, 헤비메탈은 안 된다고? 자, 레게는 어때? 테크노는 어쩌구? 도대체 경찰이 뭔데 장르를 차별하는 거야? 어이, 무지무지 무서운 엔카가 있을지도 모르잖아? 클래식 오케스트라 같은 건 연주자 수가 많아서 모두들 놀란다구! 무슨 바보 같은 소리야, 엉?

그건 그렇고 1시간 정도 계속한 라이브는 무사히 끝났다. 역 앞에 텐트를 치고 빗속에 라이브를 연다는 발상은 꽤 멋졌다. 이 라이브(일단은 선거운동)에 오지 못한 사람은 두고두고 후회할걸.


무도회를 연 날도 있었다. 고엔지 역 남쪽 출구에서 댄스 스튜디오를 가지고 활동 중인 BABY-Q라는 그룹이 등장했다. 남쪽 출구 교차로 중앙에 선거 자동차를 세우고 DJ가 틀어주는 음악에 맞추어 BABY-Q가 출현! 흰 타이즈와 검은 타이즈를 입은 세 명이 교차로 길에서 버스나 택시를 피하면서 댄스를 시작했다. 밤에 차로에서 검은 타이즈가 춤을 추고 있으니까 택시 운전수도 사고가 나지 않게 조심스럽게 차를 몰았다. 이쯤 되니 택시나 버스에 탄 사람들, 정류장에 서 있던 사람들까지 가세하여 마치 교차로 전체가 무대처럼 되어버렸다. 잘은 모르겠지만 이게 바로 문화적인 냄새를 피우는 공간이 아닌가. 잘못 끼어든 다른 후보자들은 놀라서 망연자실했다. 그날도 해방구가 멋지게 완성되었다.

매일 밤 역 앞에서 이벤트를 열었다고 했는데, 그럼 낮에는 아무것도 안 했느냐 하면 그건 아니다. "오늘 밤 고엔지 역 앞이 뒤집어진다!"고 다른 지역에서 선전을 벌이기로 했다. 아사가야나 오기쿠보(荻窪), 니시오기(西荻) 외에도 갑자기 신주쿠 알타 앞이나 나카노 역 앞에 가서 소동을 벌이며 심심파적 겸 불씨를 뿌리고 왔다. 어쨌든 스기나미 구의회 선거지만 선거 활동 자체는 어디서 해도 상관이 없으므로 신출귀몰하며 연설을 하고 다녔다. 게다가 다른 지역에 갈 때는 요령을 피울 수 있으므로 '고엔지 봉기'라고 쓴 천을 장대에 매달고 연설 중간중간에 2,000볼트짜리 초박력 사운드로 이노우에 요스이(井上陽水)의 〈우산이 없어〉, 나카모리 아키나(中森明菜)의 〈북쪽의 바람〉, 안전지대의 〈와인 레드의 마음〉 같은 꿀꿀한 음악을 틀어서 고엔지의 험악한 분위기를 알렸다.

토크 이벤트도 벌였다. 신주쿠의 '이레귤러 리듬 어사일럼'이라는 가게(제4장 참조)를 경영하는 나리타 게이유(成田圭祐)와 작가 아마미야 가린, 다메렌(だめ連)의 페페하세가와(ペペ長谷川) 등 불온한 패거리가 모여 역 앞 토크 무대 위에서 어떻게 하면 가난뱅이가 설치면서 살 수 있을까 하는 작전 회의를 열었다. 역 앞에서 당당히 공개 토크 이벤트를 열 수 있는 것도 모두 선거라는 틈새를 이용할 수 있었기 때문이다.

스기나미 구의회의원 선거기간 중 길거리에서 벌인 토크 이벤트. 가난뱅이가 세상을 살아가기 위한 작전 회의. 왼쪽부터 페페하세가와, 아마미야 가린, 마쓰모토 하지메, 나리타 게이유.

"스기나미에 해방구를 만들어 가난뱅이, 후줄근한 놈팡이, 어중이떠중이의 힘을 모아 신주쿠로 쳐들어가자구. 막상 판이 벌어지면 떼거리로 몰려오게 되어 있어. 다카오(高尾) 근처에 불씨를 놓으면 하치오지(八王子)라든가 고쿠분지(国分寺) 근처로 올 때 슬슬 숫자가 불어나겠고, 고엔지까지 오면 수십만 명이 무리를 짓게 되겠지. 그렇게 해서 신주쿠로 가자는 말이야. 거리를 다시 우리 것으로 탈환하자는 말씀! 그러면 이곳저곳에 괴짜 놈들이 북적이면서 친구들이 늘어나는 거지."

# 마지막 날, 바보 군중이 역 앞을 메우다

드디어 마지막 날인 4월 21일 토요일, 이번 선거의 목적은 역 앞에 해방구를 만드는 것이므로 마지막 날까지 난장을 친다면 당선하든 낙선하든 난투 활극이고 체포고 나발이고 상관없었다. 그래서 이날은 눈치 안 보고 역 앞에서 전무후무한 시끌벅적 축제를 열어 이번 선거 작전을 마무리하기로 했다.

마지막이기도 했으므로 평소보다 이른 오후 2시부터 고엔지 역 남쪽 출구 분수대 앞에 차를 세우고 멋대로인 놈들이 멋대로 음악을 틀고 멋대로 춤을 추며 멋대로 술을 마시는 소동을 개시했다. 보통 때라면 이 상태만으로도 충격적이겠지만 선거기간이 1주일째 접어드는 마당이라 우리도 통행인도 익숙해졌다. 뭐, 이 정도는 몸에 털 나는 일쯤으로 받아들이고 있었다.

저녁부터는 본격적으로 일을 칠 계획이었으므로 첫날과 같이 개찰구를 빠져나오는 길목에 자동차를 가로로 세웠다. 마지막 이벤트라고 단단히 기합을 넣어 준비를 했기 때문에 이날 이벤트는 분 단위로 스케줄이 짜여 있었다. 잠깐 여기서 시간표를 보자.

16:00~16:30 DJ 욧시 × 마쓰모토 하지메(DJ & 선동)

16:30~17:15 DJ 쇼(DJ)

17:15~17:45 The Happening(밴드)

17:45~18:25 Radio Maroon(Dee Jay)

18:25~18:45 트리오포(퍼포먼스)

18:45~20:00　Deep Throat X(DJ)

라스트　　　마쓰모토 하지메(선동)

이거이거, 머리털이 쭈뼛 서는데! 이런 걸 선거 연설이라고 보기는 어렵다. 16:00 첫 시작부터 갑자기 DJ 욧시(ヨッシ)가 공격적인 사운드를 배경으로 "이 망할 부자 놈들아!" 하고 마구 소리를 질렀다. 이 어처구니없는 '가두연설' 덕분에 갑자기 고엔지 역 앞은 불온한 분위기에 휩싸였다. 토요일 오후였으니 고엔지에 놀러 온 사람들이나 장 보러 온 사람들, 심심해서 돌아다니는 놈들 등 꽤 많은 사람이 모였다. 펑크밴드 The Happening 때는 예의 경찰이 와서 '경고'를 날리고 갔는데, 반발을 하니까 금방 '철회'했다. 역시 선거는 대단해!

집에서 악기나 소리 나는 물건을 갖고 나온 사람도 적지 않아서 다 함께 소리를 내기도 했다. 이것도 '기세를 떨치는 행위'라서 규정 위반인 것 같은데(이것도 근거가 불분명), 연설을 들으러 온 청중이 멋대로 소동을 벌이는 것은 문제가 없는 모양이다.

자, 토요일 밤 고엔지에는 뭔가 벌어질 것 같다. 심심해서 몸을 비비트는 인간들이 많은 탓인지 군중이 점점 불어나서 1주일 동안에 모인 사람 수를 훌쩍 뛰어넘어 수백 명에 달하는 사람들이 모였다. 그도 그럴 것이 전차를 타고 고엔지 역에 내리면 개찰구를 빠져 나오자마자 눈앞에서 쿵쿵 소리를 울리며 라이브가 열리고 있으니 말이다. 그뿐인가. 어떤 얼빠진 놈(바로 나=후보자)이 무대에서 다이빙을 하니까 도망을 가든지 함께 어울릴 수밖에 없다.

주변을 둘러보니까 마지막 날이라고 다른 후보자도 기합을 넣어 소리를 꽥꽥 지르고 있다. 돼지 멱따는 소리?! 밤이 되자 모두들 좋은 길목을 차지해서 연설을 하려고 고엔지로 몰려들었다. 현직 야마다 히로시(山田宏) 구장님이 타고 계신 엄청스레 큰 차가 슬슬 다가오더니 "우리 차례니까 자리 좀 비켜달라"고 했다. 오호라, 그런 무모한 말씀을 하시면 안 되죠…. 1초도 안 걸려서 "죄송하지만 안 되겠는데요!" 하며 쫓아내버렸다. 흥에 겨운 군중이 소동을 벌이고 후보자가 다이빙을 해서 땅에 머리를 부딪치는 꼴을 두 눈으로 똑똑히 보셨을 텐데. 그런 판을 깼다가는 군중한테 몰매를 맞으신다구요. 이리하여 역 앞 제일 좋은 자리에는 우리 가난뱅이, 빈둥대는 놈, 얼간이, 멍청이, 밥통, 별 볼일 없는 놈 등이 우글거렸다.

야마시타 히카루가 이끄는 기행(奇行) 퍼포먼스 집단인 '트리오포'나 Deep Throat X가 등장할 무렵에는 광란 상태에 빠진 수백 명의 무리가 역 앞을 가득 메웠다. 소란 피우기, 춤추기, 소리 지르기, 술 마시기 등 실로 고엔지는 해방구가 되었다. '혁명 후의 세계'가 고엔지에 출현해버린 것이다! 얼씨구! 이쯤 되면 번거롭게 이러쿵저러쿵 말을 보탤 필요가 전혀 없다. 이 공간을 보는 것만으로도 우리의 주장을 한눈에 알 수 있을 테니까. 그래도 좀 아쉬우니까 "시시한 놈들이 잘났다고 설치는 더러운 세상은 꺼져버려라!" 하고 부채질을 했다. 소란이 가라앉지 않은 채 8시가 되어 선거전은 모두 막을 내렸다.

## 투표소도 대혼란!

소동은 소동이고 선거는 선거다. 투표일은 어김없이 다가왔고 다음 날 개표 결과가 나왔다. 1,061표를 얻어 떨어졌다. 당선하려면 2,000표 이상을 얻어야 하는데 절반 정도 표가 나온 것이다. 많은 건지 적은 건지 모르겠지만, 공탁금 몰수 라인인 400표는 넘겨(넘기지 못하면 사전에 걸어놓은 30만 엔을 돌려받지 못한다는 빌어먹을 규칙) 작전은 대체로 성공리에 끝났다. 하아, 좋았어, 좋았어!

투표에 대해서는 별로 신경을 안 썼고 선거가 끝나면 어떻게 할지도 전혀 생각해둔 바가 없었다. 그런데 여기서도 생각지도 않은 재미있는 일이 벌어졌다.

고엔지라는 곳은 스기나미 구와 나카노 구의 경계에 위치하여 투표권이 없는 나카노 구민도 많이 있다. 또 선거 작전에 참가한 패거리는 고엔지에 살고 있다 해도 주민등록은 시골에 있는 놈들이 많아 투표권이 없기 일쑤다. 게다가 이번 선거 작전에 모인 놈들은 대부분 원래부터 투표하러 가는 놈들이 아니므로 선거를 어떻게 하는지조차 몰랐다. 결국 투표소도 소란에 휩싸였다. 누군가 주민등록을 옮겨버려 투표권이 없어진 주제에 화를 내면서 "그런 건 난 몰라. 내 친구가 나왔으니까 투표하게 해줘!" 하고 떼를 쓰는 바람에 투표소에서 싸움이 벌어지기도 했다. 또 고엔지 사람도 아닌데 "나, 마쓰모토 군 찍었어!" 하는 사람이 있어서 어디서 투표를 했느냐고 물었더니 "응, 네리마 구(練馬區). 엉? 그럼 안 되는 거야?" 하며 얼 나간 소리를 하는 친구도 있었다. "이렇게 후보자가 많은데 왜 한 사람밖에 못 찍게 하는 거야?" 하며 소란을 피우는 사람도 있었다. 여하튼 선거에 한 번도 참여하지 않던 사람들이 투표소까지 찾아갔다는 것은 대단한 현상이다.

난 평범한 재활용 가게의 손님들이 내게 표를 찍어주었다는 사실에 놀랐다. 언제나 책장이나 냉장고를 사주는 아줌마 집에 배달하러 갔더니 "점장한테 한 표 찍었어!" 하시는 거였다. 또 이웃 할아버지는 지팡이를 짚고 나와 "우리 가족 전부 마쓰모토를 찍었어" 하는 것이었다. 정말 생각도 못 한 일이었다.

역 앞에서 사정없이 소동을 벌였으므로 당연히 뜻이 맞지 않는 친구들도 있었다. "이것 봐, 그런 건 선거가 아니라구! 집어치워!" 하고 전화로 화를 내는 사람도 있었다. 그러나 의외로 가게 단골들이 파워를 발휘한 것이 놀라웠다. 아, 든든하기 짝이 없다!

이리하여 고엔지 대혼란 선거 작전도 무사히 끝났다.

고엔지 봉기 마지막 날, 전철역 남쪽 출구에 모인 군중.

(선거운동 기간 마지막 날 19시 55분)

"고엔지에는 오합지졸, 가난뱅이, 얼간이, 아무짝에도 쓸모없는 사람, 프리터, 식충이가 잔뜩 있습니다. 그런 사람들이 지닌 저력을 이끌어내고 싶다는 생각으로 여기까지 왔습니다. 시간은 이제 5분 남았군요. 여러분, 5분 동안 들썩거려봅시다! 미친 듯이 춤을 춥시다! 자, 난장이다! 혁명의 세계를 만들자!"(마쓰모토 다이빙)

(마쓰모토 소리) "이미 저놈들한테 단단히 알려주었다고 생각해요, 말도 안 된다고…. 질서를 지키라고 떠드는 놈들, 전차를 타고 고엔지에 와보라니까. 우리가 뭘 하는지 좀 보라구. 어때? 놀랐지? 이놈들아! 이제 미친 듯이 신명 내는 일만 남았다, 이거야!"

제4장

멋 대로 살아가는
놈들

가난하든 일할 의욕이 없든 머리가 나쁘든, 누구나 멋대로 마음껏 기를 펴고 살아갈 수 있는 방법을 써보았다. 여기까지 읽고 "'아마추어의 반란' 말고 이런 일을 하는 데가 또 있겠어?" 하고 반문하는 당신! 눈 좀 크게 뜨시지요. 뭘 몰라도 단단히 모르시는구먼!

이 책을 쓰고 있는 나 자신도 눈이 휘둥그레질 만큼 기상천외한 놈들과 가게, 지역이 세계에는 지천으로 널려 있다. "이봐, 이런 짓 하면서 어떻게 밥을 먹고 살아갈 수 있겠어?" "왜 이런 데가 망하지 않는 거지?" 하고 고개를 갸웃거리는 당신, 생각을 고칠 필요가 있다. 사실 이런 놈들이 정말 속이 깊다. 한번 사귀어놓으면 호박 넝쿨처럼 비슷한 놈들이 계속 어디선가 모습을 나타낸다. 이렇게 멋대로 살아가는 패거리한테는 인맥이나 인간관계가 소중하기 때문에 아는 사람이 많기 마련이다. 그래서 어떤 이벤트가 있느니 노는 데가 있느니 어떤 얼간이가 가게를 차렸다느니 하는 정보가 무진장 들어온다. 꼭 한 번 들러주기를 바란다.

우선 몇 군데를 소개해보겠다(※이전, 전화번호 변경의 가능성이 있으니 주의!).

### 기류샤

▶ ▶ ▶ **세타가야(世田谷) 구 시모키타자와(下北沢)에 있는 헌책방 카페.** 가게는 비좁지만 천장까지 쌓여 있는 책은 사다리를 놓고 꺼내야 할 정도로 벽면이 모두 책장으로 되어 있다. 헌책에 둘러싸여 커피나 술을 마실 수 있는 곳이다.

… 이렇게 쓰면 근사한 카페처럼 들리겠지만, 이 책이 어떤 책인가. 그것만으로 끝날 리 없다. '대항문화 전문 헌책'이라는 문패를 걸어놓고 있는 이곳에는 주위를 잘 둘러보면 세상과 시류에 저항하는 책이 엄청 꽂혀 있다.

이 가게가 대단한 점은 꽂혀 있는 책이 좋다는 것뿐 아니라 가게 자체를 모두 자기 손으로 꾸몄다는 것이다. 이곳 주인인 가토 씨는 평범한 회사원이었는데 2006년 갑자기 회사를 그만두고 불뚝심이 솟아 무모하게 가게를 얻었다고 하는데, 책상, 책장, 창문, 심지어 화장실까지 제 손으로 공사를 했단다! 대신 돈도 못 버는 주제에 1년이나 공사를 끌었기 때문에 땡전 한 푼 안 남았다고! 딱하게도 굶어죽을 지경까지 갔다가 '기아'라는 두 글자가 뇌리에 박힐 무렵, 간

신히 공사를 완성하여 2007년 1월 무사히 가게를 오픈했다고 한다. 이 사람, 큰일 낼 사람이네.

게다가 이 주인은 "난 한 푼도 남기지 않을 거야" 하고 큰소리를 치거나 "어른이 마음먹고 놀면 큰일이 난다구" 하며 천연덕스럽게 알아듣지 못할 소리를 한다. 음, 역시 믿을 만한 사람이야! 흔히 반란계 가게 하면 떠오르는 케케묵은 분위기가 아니고 멋스런 곳이라서 그런지 손님도 개성 있는 멋쟁이가 찾아온다. 독서회나 토크 이벤트도 열고 있어 자유와 해방의 맛이 느껴진다.

**DIY★★★★★   장소 찾기★★★   가게 넓이★★★★**

**기류샤(氣流舍)**
**주소:** 도쿄 도 세타가야 구 다이자와(代沢) 5-29-17번지 이이다(飯田) 하이츠 1층(가까운 역: 시모키타자와)
**전화:** 03-3410-0024  |  **영업시간:** 14시경~23시경  |  **정기 휴일:** 월요일인 듯

### 이레귤러 리듬 어사일럼

▶▶▶ 도쿄를 어슬렁거리는 불온한 가난뱅이 제군! 이곳만은 꼭 알아두는 게 좋다. 신주쿠의 주상복합 빌딩 안에 CD, 책, 티셔츠, 배지, 스티커 등 잡화를 파는 가게가 있다. 대기업이나 유행 신상품같이 돈 벌려는 계열이 아니라 자유와 해방을 추구하는 세계 각지의 사람들과 연관된 물건이다. 정말 볼 만하다.

그도 그럴 것이 이곳 주인인 나리타 씨는 도쿄의 변두리 빈민촌 출

신인데 갑자기 부자가 되었다. 빈민촌 시절에 근처 빈 공장에서 열리는 펑크 계열 라이브 공연장에서 물건을 팔기 시작했는데, 일을 계속하는 동안 가게를 열게 되었다고 한다. 이 가게에는 음악인이나 미니컴 등 자비 제작 관련자는 물론 해외의 아나키스트 등도 자주 들른다. 가끔 놀러 가면 시커먼 옷을 입은 외국인이 가게의 소파에서 자고 있기도 한다. 어쩌다 얘기를 걸면 "건물을 하나 탈취했으니까 놀러 와" 혹은 "요전에 자동차를 30대 태워버렸지" 하는 등 일본에서는 있을 수 없는 얘기를 해준다.

이곳이 특별한 이유는 여러 가지 정보가 날아 들어온다는 것. 이번에 어디서 이벤트가 있다든가 어디에 가면 어떤 놈이 있다는 이야기가 만발이다. 더구나 세계 각지의 가난뱅이, 얼간이, 별 볼일 없는 놈들이 찾아오기 때문에 정보량이 무시할 수 없을 정도다. 흐음, 동네에 이런 가게가 하나 있으면 얼마나 살기 좋을 것인가!

덤 하나. '아마추어의 반란' 카페에서 내놓는 커피는 여기서 파는 물건이다. 멕시코의 사파티스타 민족해방전선(멕시코의 선주민이 봉기를 일으켜 멋대로 자치사회를 만들어버린 최강의 패거리)의 커피를 아나키스트 독일 친구가 수입하여 판매하는데, 그것을 일본에 수입한다고 한다. 바가지 씌우려는 사기꾼들은 멀리 치워버리고 공정 무역을 실천하는 것이다! 흠, 이거야말로 정말 멋진걸!

**불온한 분위기★★★★★  질서★  평화★**

---

**이레귤러 리듬 어사일럼(IRREGULAR RHYTHM ASYLUM)**

**주소**: 도쿄 도 신주쿠 구 신주쿠 1-30-12번지 302호(가까운 역: 신주쿠교엔마에新宿街苑前)

전화: 03-3352-6916 | 영업시간: 13시~20시 | 정기 휴일: 수요일
홈페이지: http://a.sanpal.co.jp/irregular/

## 구원 연락 센터

 ▶▶▶ 봉기를 일으키는 것은 자유지만 아무리 멍청함을 내세워도 체포당하지 말란 법은 없다. 그럴 때 **변호사 선임이나 상담으로 도움을 주는 마음 든든한 친구들**. 군중이 반란을 일으켰던 1960년대 말쯤 대탄압에 대항하여 결성한 때부터 이곳은 꽤 성업을 이루었다고 한다!

이 책에서도 소개했듯이 거리에서 소란을 일으키면 경찰과 부딪치는 것은 당연한 꼬리표. 그럴 때 너무 과격하게 나가면 뜻하지 않게 경찰과 몸싸움을 하게 된다. 나아가 축제 분위기가 고양되면 경찰차를 뒤집지 않는다고 장담할 수 없다. 물론 그런 짓을 하면 경찰한테 잡혀가는데 이럴 때 도움을 주는 것이 구원 연락 센터다. 또 법에 저촉되지 않아도 군중을 선동하다가 경찰한테 "저놈 혼내줍시다" 하고 미운 털이 박히면 체포당할 가능성이 있다.

또 체포만이 아니라 이벤트나 데모를 열려고 하는데 혹시 붙잡힐지도 모른다는 걱정이 들 때도 상담을 해준다고 한다(중요한 상담은 밀봉해서 편지로 써서 보내면 된다). 이거 쓸 만한데….

데모뿐 아니라 이곳에서는 "종업원 목을 맘대로 자르다니 소송을 해야겠네요" "아니 아니, 주식 좀 해서 돈을 벌어보려다가 돈을 죄

168

다 까먹으면 말이죠, 소송, 소송!" "그래? 할머니한테 자석요를 팔았단 말이지? 그럼 얼른 따돌리고 도망가야지!" 등등 이런저런 문제가 생길 때 아낌없이 도움을 준다고 한다. 또한 나쁜 짓을 해도 조폭이나 외국인처럼 필요 이상으로 경찰한테 심한 대우를 받는 사람들도 보살펴준다고 한다. 하지만 적들은 도움을 못 받을 테니 쓸데없는 저항은 아예 생각도 하지 말아!

만일 체포당하면 어떻게 하면 좋을까에 대해서는(어디까지 권리가 있는가, 감옥 체험기 등) 명저 『구원 노트』(救援ノート)를 참고하기 바란다. 너무 설치는 바람에 붙잡힐 지경에 처한 제군, 필독해두게나.

어쨌든 불온한 소동을 일으키는 제군은 여차할 때를 위해 03-3591-1301은 기억해두기 바란다.

**언더그라운드 분위기★★★   든든함★★★★★   말 안 되는 소리 하면 혼난다★★★**

**구원 연락 센터**(救援連絡センタ)
**주소:** 도쿄 도 미나토 구(港區) 신바시(新橋) 2-8-16번지 이시다(石田) 빌딩 4층 14호(가까운 역: 신바시)
**전화:** 03-3591-1301
**홈페이지:** http://kyuen.ld.infoseek.co.jp/

## 포이트리 인 더 키친

▶▶▶ 여기는 정말 획기적인 곳이다. 2007년 초반에 문을 열었는데 **뭐든지 할 수 있는 공간**이다. 꽤 넓어서 영화 상영회나 토크 라이

브 같은 이벤트는 물론, 마음만 먹으면 카페를 열기도 한다. 다양한 사람이 가져온 책을 뜨르르하게 소장하고 있다. 특별한 목적이 없어도 놀러 가보면 재미있을지 모른다.

이곳의 특징은 여러 설비가 갖추어져 있다는 점이다. 옷감에 프린트 하는 기계도 있어 티셔츠를 만들 수 있다. 작업장으로도 쓸 수 있으니 뭐든 만들고 싶은 것을 만들 수 있다. 동네에 이런 곳이 있다면 대단히 유용한 동시에 재미가 넘친다.

이곳에서는 몇 사람의 유지가 모여 공동의 개인 사업소를 운영하고 있다. 하지만 사무실 공간은 전체 가운데 극히 일부일 뿐, 널찍한 곳은 다목적 공간으로 개방하고 있다. 문제는 사무소의 출자자가 부재중일 때 갑자기 찾아가면 문이 잠겨 있을 수 있다는 점이다. 찾아가고 싶을 때는 연락을 하고 가자. 흠, 그래도 얼마나 마음이 하해와 같은가!

**융통성의 정도★★  넓이★★★★  장비★★★★**

---

**포이트리 인 더 키친**(ポエトリー・イン・ザ・キッチン: 2008년 내 이전 가능성 있음)

**주소**: 도쿄 도 분쿄 구 미즈미치(水道) 1-2-6번지 타토루(タトル) 빌딩 2층(가까운 역: 이이다바시飯田橋)

**전화**: 03-3812-6434  |  **영업시간**: 미정  |  **정기 휴일**: 미정

## 모색사 & 타코세

▶▶▶ 지금의 출판업계는 규모가 큰 기업이 고삐를 쥐고 있어 제대로 유통의 흐름을 타지 않으면 독자의 손에까지 책이 가지 않는

다. 그런 한심한 환경 속에서 **독립 유통이나 미니컴 등을 주로 취급하는 책방**이 있는데, 신주쿠의 모색사(模索舍)와 나카노의 타코세(タコシェ)가 대표적이다.

모색사는 정치나 종교에도 강하다. 정체를 알 수 없는 마술적인 컬트 종교인데 '정치결사'라는 이름을 내세우고 검은 승용차에서 엔카만 틀어주는 우익단체의 회보, 나아가 "○○ 투쟁의 승리로 □□ 정권에 타격을 입히자!"는 식으로 세게 나가는 과격한 좌익계 기관지까지 진열해놓고 있다. 보통이라면 완전히 말살당했을 놈들의 정보도 입수할 수 있어 매우 재미있다.

한편 타코세는 나카노 브로드웨이 3층에 있다는 입지 조건에 힘입어 하위문화 계열의 책도 상당히 갖추고 있다. 이곳에는 수수께끼 같은 출판물이 흘러넘치기 때문에 잘만 찾으면 흥미로운 미니컴과 만날 수도 있다. 까놓고 말하면 우리 『가난뱅이 신문』도 이곳의 베스트셀러 코너를 장식하고 있다! 음, 손님들 수준도 알아줄 만하군!!

두 곳 모두 기본적으로 위탁 판매를 하기 때문에 우리가 뭔가 자유롭게 내놓고자 할 때 이런 책방이 있으면 든든하기 짝이 없다. 일본 각지에는 이런 서점이 몇몇 버티고 있다고 한다.

**모색사(模索舍)**

방침★★★★  점원이 늘 바뀐다★★★★  손님이 공안경찰일 확률★★★★★

**타코세(タコシェ)**

입지★★★★★  물건의 종류★★★★★  얼빠진 느낌★★★★

**모색사**

**주소**: 도쿄 도 신주쿠 구 신주쿠 2-4-9번지(가까운 역: 신주쿠)

**전화**: 03-3352-3557 | **영업시간**: 11시~21시 | **정기 휴일**: 없음

**홈페이지**: http://www.mosakusha.com/

**타코세**

**주소**: 도쿄 도 나카노 구 나카노 5-52-15번지 나카노 브로드웨이(ブロードウェイ) 3층(가까운 역: 나카노)

**전화**: 03-5343-3010 | **영업시간**: 12시~20시 | **정기 휴일**: 없음

**홈페이지**: http://www.tacoche.com/

**아카네**

▶▶▶ 와세다에 있는 술집이다. **'교류의 장'을 자처하여 온갖 오합 지졸이 모여드는 장소**다. 이 가게는 주인이 요일마다 다르기 때문에 날마다 분위기가 바뀐다. 온갖 종류의 술이 다 있고 메뉴도 그날 주인에 따라 달라서 스릴(?)이 있다. 언제나 망할 듯하면서도 겨우 버티는 상태를 되풀이하면서 맥을 이어가고 있다. 여하튼 돈을 벌 생각은 전혀 없다. 그도 그럴 것이 '별 볼일 없는 패거리'("요즘 세상에 별 볼일 없는 놈이 되는 것도 당연하지 않아? 별 볼일 없는 게 뭐가 어때서?" 하는 최강의 군단)가 중심이 되어 문을 연 가게라서 갈 때마다 대단한 인물들이 죽치고 앉아 있다.

**위치★★★  고급스런 느낌X  언제 망할지 모른다★★★★★**

아카네(あかね)

**주소**: 도쿄 도 신주쿠 구 니시와세다(西早稲田) 2-1-17번지 사카이(酒井) 빌딩 1층(가까운 역: 와세다)

**전화**: 03-5292-1877 | **영업시간**: 19시~목요일은 아침까지(그 밖의 날은 그날에 따라) | **정기 휴일**: 없음

**홈페이지**: http://www.geocities.jp/akane_waseda21/

## 프리터 전반(全般)노조

 ▶▶▶ 세상을 멋대로 살아가는 게 제일이지만, 100퍼센트 멋대로 할 수 없으니 싫어도 일을 해야 할 때가 자주 있다. 그럴 때 든든한 내 편이 되어주는 것이 프리터 전반노조다. "아르바이트니까 권리고 나발이고 없지 않소. 목이 달아나면 그걸로 끝이니까" 하고 푸념하는 당신! 과연 그럴까? 우리는 노예가 아니므로 변변치 않은 고용주에 대해서는 할 말을 다 하는 게 좋다. 아르바이트라도 제대로 일만 하면 유급휴가를 받을 수 있다. 잔업 수당은 평균 시급의 25퍼센트를 더 받아야 하는 등 별로 알려지지 않은 사항도 꽤 있다.

말도 안 되는 이유로 해고를 당하거나 아르바이트 급료를 깎았다고 상사에게 욕이나 실컷 하고 뛰쳐나오면 속은 후련할지 몰라도 문제 해결은 안 된다. 이곳에서는 능숙하게 처신하는 방법을 가르쳐주므로 **직장에서 문제가 생기거나 불만이 있을 때는 여기를 방문**하기를 바란다.

멍청함X 얼간이X 바른 말 하기★★★★★

프리터 전반노조(フリーター全般勞組)
**주소:** 도쿄 도 신주쿠 구 니시신주쿠(西新宿) 4-16-13번지 MK빌딩 2층(가까운 역: 니시신주쿠고
초메西新宿五丁目)
**전화:** 03-3373-0180
**홈페이지:** http://freeter-union.org/

## SHAREVARI

▶▶▶ 2007년 말에 오픈한 히로시마(広島)의 레코드 가게다. 풍영
법(風營法)\*의 강화로 클럽 등에서 이벤트를 열기 힘들어졌다. 당연

★ 풍영법: 1984년 대폭 개정한 '풍속 영업 등 규제 및 업무의 적정화 등에 관한 법률'의 약칭. 성 산업을
견제하기 위한 법.

히 레코드나 CD도 판매가 부진해져서 레코드 가게가 문을 닫기 시
작했으며 음악계의 정보도 얻기 힘들어졌다. 도쿄는 아직 괜찮은
편이지만 지방의 음악 애호가들한테는 심각한 사태다. 거기에 대항
하여 히로시마에 존재를 드러낸 곳이 바로 여기다. 샤리바리의 취
급 상품은 기본적으로 레코드, CD지만 책이나 잡지도 놓여 있다.
그 부근에서 활동하는 사람이 스스로 제작한 CD도 나와 있는 등 폭
넓은 장르를 섭렵하고 있다.
카페 공간도 있어서 맥주나 커피를 마실 수 있다(이곳 커피는 '아마추
어의 반란' 카페와 마찬가지로 사파티스타 커피를 사용한다). 이벤트도 활
발하게 열고 여러 정보의 발신기지 역할도 한다. 이 가게에 가면 **히
로시마를 주름 잡는 얼간이들과 만날 수도 있고 재미난 이벤트 소식
도 들을 수 있다.** 솔직히 말하면 이 가게의 설립 멤버인 유키토모(行

友) 씨는 2001년경 가난뱅이 대반란 집단을 함께 시작한 파트너이기도 하다. 입만 벌리면 "불꽃을 터뜨리자" "맥주 좀 뺏어 오자" 등등 엉뚱한 소리를 하는 형이었다. 여러분도 꼭 만나보시기를 바란다. 샤리바리*라는 이름은 옛날에 유럽에서 주는 것 없이 미운 부

★ 샤리바리: 원래 프랑스어로 Charivari로 표기한다. 주로 철이나 청동기구의 요란한 소리로 소란을 피워 누군가를 공개적으로 처벌하는 민중적 관행을 일컫는다.

잣집 앞에 가서 깽깽이를 켜는 일을 가리킨다고 한다.

**적당함★★★★  엉뚱함★★★★  사회질서를 지키지 않음★★★★★**

**SHAREVARI**

**주소**: 히로시마 현 히로시마 시 나카 구(中區) 미카와마치(三川町) 6-15번지 나미가와(並川) 빌딩 3층

**전화**: 082-545-6660  |  **영업시간**: 12시~21시  |  **정기 휴일**: 없음

일단 몇몇 곳만 소개했는데 모두 다 상당히 제멋대로 분방하게 움직인다. 세상이 점점 좀스럽게 변해서 "제대로 살아야 한다" "세상을 위해 도움이 되는 일을 해라" 등등 시시껄렁한 설교만 늘어놓는 일이 많다. 하지만 이런 가게들을 보면 알 수 있듯이 그런 말은 한쪽으로 듣고 한쪽으로 흘려서 똥간에 갖다 버리도록 하라. 그리고 이런 놈들한테 자주 놀러 가도록.

자유롭게 멋대로 사는 패거리는 당연히 자유롭게 산다는 것이 무엇인지를 보여줄 것이다. 하지만 거꾸로, 자유롭게 산다는 것은 자기 힘으로 무슨 일이든 해나가야 한다는 것을 의미하므로 "뭔가 재미있게 좀 해주쇼" 하는 소비자 감각으로 접근했다가는 당장 내쳐질 수도 있다. 좀 신경이 날카로울 때는 한 대 얻어맞을지도 모른다.

게다가 연예인이 아닌 이상 엔터테인먼트를 요구해도 재미있을 리 없다. 그 대신 "나도 뭔가 하고 싶은데요" 하는 자세로 접근하면 틀림없이 어떻게 하면 좋은지 방법도 알려주고 응원도 아끼지 않을 것이다. 우리 가난뱅이에게 이렇게 든든한 동료는 이 세상에 아마 없을 것이다.

당연히 이 책에 소개하지 못한 사람이나 장소는 셀 수 없이 많다. 아직 만나본 적이 없는 얼간이들도 많을 것이다. 무엇보다 언더그라운드 사회는 이미 딴 세상이 되어버렸다. 아니, 더욱 정확히 말하자면 언더그라운드 세계는 뒤집어엎고 세상으로 뛰쳐나와 설치는 느낌을 받을 정도다. 구시렁거릴 것 없이 자주 놀러 가서 이런 패거리들과 관계를 맺고 여차할 때를 준비해두라!

# 가난뱅이를 위한
## 작전 회의

아마미야 가린 vs. 마쓰모토 하지메

**아마미야 가린(雨宮処凜)**

1975년 홋카이도에서 태어나다. 1996년 우익단체에 가입. 1998년 애국 펑크 밴드 '유신적성숙'(維新赤誠塾)을 결성(보컬 담당). 1999년 다큐멘터리 영화 〈새로운 하느님〉(감독 쓰치야 유타카土屋豊)에 주연으로 활약. 같은 해 우익단체 탈퇴. 저서로 『살아 있는 지옥 천국』(오오타 출판, 치쿠마 문고), 『자살의 비용』, 『살아가게 좀 해달라!-난민으로 변하는 젊은이들』(오오타 출판), 『우익과 좌익은 어떻게 다른가』(가와데쇼보신샤) 등이 있다. 현재는 프리터 및 실업자 문제를 가지고 취재, 집필, 운동을 하고 있다.

# 미니스커트 우익과 가난뱅이 좌익의 만남

**아마미야▶** 마쓰모토 씨하고 만난 지 10년도 넘는군요.

**마쓰모토▷** 그렇죠. 황당한 상황에서 처음 만나 가지고….

**아마미야▶** 최악의 만남이었다고 보는데요….(ㅋㅋ) 1997년에 마쓰모토 씨가 '호세 대학의 궁상스러움을 지키는 모임'을 하고 있을 때 저는 스물둘이었고 우익이었고 군복을 입고 있었죠. 로프트플러스원*에서 전 적군파* 의장인 시오미 다카야(塩見孝也)* 씨가 주최한 우익 대 좌익의 이벤

---

★ 로프트플러스원: 커뮤니케이션을 중심으로 하는 장소로 여러 가지 지식과 경험을 가진 사람을 '하루 점장'으로 초대하는 토크 라이브 하우스.
★ 적군파: 일본의 좌익 조직으로서 1969년에 설립한 공산주의자동맹적군파(共産主義者同盟赤軍派), 1971년에 조직한 무장전투조직인 연합적군(連合赤軍), 해외에 망명한 적군파 조직이 1971년에 만든 국제테러 조직인 일본적군(日本赤軍)을 가리킨다.
★ 시오미 다카야: 1941년 히로시마 출생. 신좌익활동가. 원래 적군파 의장. 최고지도자. 자칭 '참 민족파' '좌익민족파'.

---

트에서 딱 마주쳤지요. 그것도 시오미 씨는 전빈련(※전국빈곤학생총연합, 각 대학의 '궁상스러움을 지키는 모임'의 연합회)에 대해서 자기 좋을 대로 해석을 갖다 붙였지요.

**마쓰모토▷** 맞아요. 그때 시오미 씨는 무슨 생각으로 그랬는지 저를 주체사상 신봉자라고 했으니까요. 어디 턱도 없는 말을 하느냐고 속으로 생각했지요.(ㅋㅋ)

**아마미야▶** 마쓰모토 씨의 활약은 그 후에도 단편적으로 들었어요. 전빈련은 텔레비전에도 나왔고 당시 제 주변에서도 굉장한 화제가 되었죠. 그래서 주목하고 있었고 활동 자체에는 찬동을 했어요. 하지만 당시 대학에 안 가고 프리터로 일하던 나는 들어갈 자격이 없다는 생각이 들어 찾아가지 못했어요. 이게 가난뱅이의 비애지요. 게다가 가난뱅이 특유의

피해의식이 있었어요. 내 멋대로 대학생은 특권 계급일 거라고 규정해버렸지요. 그래서 재미있어 보이긴 했지만 감히 발걸음을 옮기지 못했는데, 활동 보고서도 재미있고 사진으로 보니 만만하게 생긴 데다 하는 짓은 기발하고…. 그리고 난 다음 마쓰모토 씨가 학생 신분을 벗고 활동의 거점을 대학이 아니라 '가난뱅이 대반란 집단'으로 옮겼다는 것을 알았어요. 『가난뱅이 신문』도 어쩌다 보니 저한테까지 흘러오더군요. 그러다가 2006년 프리케리아트*의 메이데이에 가서 참가 단체를

★ 프리케리아트(precariat): 불안정을 뜻하는 영어의 '프리케리어스'(precarious)와 '프롤레타리아트'(Proletariat)를 접합하여 만든 신조어로 신자유주의와 포스트 포디즘으로 불안정한 상황에 놓인 사람들을 총칭하는 말.

보니까 '가난뱅이 대반란 집단'이나 '아마추어의 반란'이 있기에 『가난뱅이 신문』에서 읽었던 글과 연관을 지어 '아마 그 마쓰모토 씨인가 보다'고 생각했죠. 그 후 프리터 노조(제4장 참조)와 관계를 맺었지요. 그리고는 『살아가게 좀 해달라!』를 집필하는 과정에서 2006년 여름에 마쓰모토 씨를 인터뷰하러 갔지요. 그때 마침 '월세 공짜를 위한 데모'가 있었어요. 이 데모를 보고 감탄한 나머지 반해버렸지요. '이동식 마루'(※거리 밥상. 거대한 판자 위에 자동차 바퀴를 붙여 단란한 가족을 재현한 것)가 나오질 않나…. 저도 확성기를 들고 멋대로 외쳐댔잖아요. 그 다음부터 마쓰모토 씨를 취재하러 다녔지요.

**마쓰모토▷** 『살아가게 좀 해달라!』를 쓰신다고 고엔지에 취재하러 와주기도 했고, (알게 된 지) 10년 정도 되었다니, 정말 세월이 빠르다는 실감이 드네요. 그때까지는 이름을 들으면 "음, 알아. 그때 그 사람…" 하는 정도로 조금 아는 사이였죠.

**아마미야▶** 그 전에는 마쓰모토 씨하고 재회할 기회라고 해봐야 거리에서 갑자기 뭔가 사고 치시는 걸 목격하는 정도였겠죠.(ㅋㅋ) 취재하면서

10년 동안 얼마나 엉뚱한 짓을 벌이셨는지, 호세 대학 이후의 활동에 대해 이야기를 들었어요. 1997년에 방위청 앞에서 찌개 투쟁을 하셨다는 이야기는 알고 있었고…. 2001년에 호세 대학에서 오릭스(ORIX)의 미야우치(宮內) 회장을 습격하신 이야기도 정말 멋졌어요. 2001년 당시에 제가 그 이야기를 들었다면 아마 하나도 이해를 못했겠죠.

**마쓰모토▷** 저도 오릭스의 미야우치라는 사람이 온다는 소식은 들었지만 그 사람이 무슨 일을 벌이려고 하는지 잘 몰랐어요. 당시는 대학의 문제로 정신이 없었기 때문에 "다른 것 볼 것 없이 이놈도 나쁜 놈이니까" 하는 생각에 저질렀죠.(ㅋㅋ)

**아마미야▶** 하지만 냄새를 맡았다는 것 자체가 대단하세요. 마쓰모토 씨와 만난 지 10년이 된 지금은 무슨 일을 하시는지 너무너무 공감하고 있어요. 10년 전만 해도 '가난뱅이'라는 말은 꺼내기도 어려운 분위기였는데, 그 말을 내세우셨잖아요. 사실 그때 이미 거품경제가 걷히면서 진짜 가난이 시작되던 때였는데 말이죠. '호세 대학의 궁상스러움을 지키는 모임'의 결성이 1996년이죠? 요새 1, 2년 사이에 '격차 사회'라는 말이 나돌기 시작했지만, 2000년대에 들어와서도 '1억 총중류'*라는 말이 더 지

★ 1억 총중류: 1960년대부터 종신고용으로 보장된 삶을 통해 일본 전체 인구의 약 90퍼센트가 자신을 중류층(중산층)이라고 생각한 데에서 나온 말.

배적이었죠. 그래서 1996년 당시 저는 프리터로 일하면서 우익단체에 들어갈 만큼 정신적으로 힘들었는데도 일본은 풍요로운 나라라는 말만 들었어요. 내 맘대로 자유롭게 살려고 프리터를 선택했기 때문에 가난뱅이가 되었다고 생각했으니까, 자신의 빈곤을 객관적인 문제로 삼지 못했다고 할까, 직시하지 못했다고 할까 그랬었죠. 하지만 현실적으로 무척 가난했어요. 그래서 전빈련 같은 것에 공감할 조건은 갖추었지만 마

음을 열지 못한 거죠. 저는 스스로를 가난뱅이라고 자각하는 데 10년이 걸렸는데 마쓰모토 씨는 그때부터 흔들림 없이 꾸준한 활동을 벌이고 계시잖아요. 이번에 이 책의 원고를 읽고 새삼스레 감동했어요. 어째서 변하지 않은 거죠?(ㅋㅋ)

**마쓰모토▷** 글쎄요. 미묘한 변화는 있었는데요. 하지만 뭐랄까…. 애초부터 가난뱅이의 거리에서 자라난 환경도 있을 테고요. 가난한 주제에 신나는 일이라도 있는 듯이 어슬렁거리는 패거리가 일본에도 대학에도 외국에도 있는 걸 봤고 그때 마음이 편하고 뿌듯했거든요. 그런 느낌이 동기가 되었겠죠….

## 마쓰모토 하지메의 어린 시절, 대학 시절

**아마미야▶** 마쓰모토 씨의 어렸을 적 이야기를 쬐금 들은 적이 있는데요. 개구쟁이 시절부터 똑같은 짓을 하고 살아오셨다는 말씀. 이웃집에 밥을 얻어먹으러 갔다든지….(ㅋㅋ)

**마쓰모토▷** 음. 세타가야(世田谷)에서 태어나 얼마 뒤 고토 구(江東區)의 가메이도(龜戶) 근처로 이사를 갔는데, 그곳도 가난한 슬럼가 같은 곳이었죠. 친구집에 놀러 가보면 유리창이 깨져 있질 않나, 먹을 것이 없다고 목욕통에 농어를 기르질 않나, 도통 말이 아니었죠. 초등학교의 비상연락망에도 공란이 가끔 있어서 그런 친구의 연락을 맡게 되면 부리나케 뛰어가서 알려야 했죠.(ㅋㅋ)

**아마미야▶** 전화번호가 없었으니….(ㅋㅋ)

**마쓰모토▷** 그렇죠. 가메이도에는 그런 가난뱅이가 득실거렸어요. 그래서 사람과 사람의 커뮤니케이션 없이는 살아갈 수 없는 사회라고나 할까요. 용돈은 눈곱만큼 받았어요. 친구와 거리에서 놀고 있으면 근처 공장의 아저씨가 "야, 너희들, 이것 좀 도와다우" 하고 부르셨죠. 짐 나르는 일을 도와드리면 100엔짜리 한 장을 주셨던 것 같아요.

**아마미야▶** 초등학생 때요?

**마쓰모토▶** 네. 당시에는 그 동네에만 있었으니까 가난하다는 게 뭔지 몰랐어요. 난 우리집이 중산층인 줄 알았거든요.(ㅋㅋ)

**아마미야▶** 텔레비전은 보셨을 거잖아요?

**마쓰모토▶** 텔레비전은 전부 새빨간 거짓이라고만 생각했어요.(ㅋㅋ) 드라마를 봐도 '저런 가정이 있을 리 만무!' 하고 만 거죠. 가난한 동네에서 전 무지 즐거웠어요. 대학생이 되어 무전여행으로 우연히 중국에 간 적이 있는데, 거기 가보니 가메이도하고 진짜 똑같은 거예요. 어쩐지 슬럼가 느낌이 났어요. 돈도 하나 없고 구질구질한 옷차림을 하고 있지만 무지 즐겁게 코흘리개들이 뛰어다니고 아저씨가 평상에서 낮잠을 자고 밤에는 길에서 이상한 천막을 치고 영화상영회를 여느라고 들썩들썩… 우리보다 훨씬 행복해 보였지요. 그래서 가난해도 즐겁게 살 수 있는 방법이 있겠구나 생각했죠. 지금 일본 사회는 그런 게 너무 부족한 것 같아요. 경제 성장을 한답시고 돈, 돈, 돈 하며 돈 귀신을 좇아왔지만, 물질적, 금전적으로 이만큼 풍요로운데도 결국 모든 것에 갈증만 느끼죠. 느긋하게 기를 펴고 살려는 뜻, 우리끼리 신나게 놀면서 살겠다는 뜻이 없어서 그런 게 아닐까요. 그게 제 출발점이었어요.

**아마미야▶** 부모님께서 좋은 학교에 가서 좋은 회사에 취직하라든가 안정된 삶을 누리라든가 하는 말씀은 하지 않으셨나요?

**마쓰모토▷** 한마디도 안 하시던데요.

**아마미야▶** 그게 정말 다른 것 같아요.

**마쓰모토▷** 내가 어릴 적에 아버지는 갑자기 작가가 되겠다고 선언하시더니 회사를 그만두셨어요. 그즈음부터 "우리 집은 가난하니까 오늘은 먹을 것이 없다"는 말을 듣기 시작했죠.(ㅋㅋ)

**아마미야▶** 한창 자랄 나이에 먹을 것이 없다니….(ㅋㅋ)

**마쓰모토▷** 우리 엄마는 한술 더 떠서 자기는 아나키스트다, 자급자족 생활을 하겠다고 하면서 내가 고등학생일 때 이혼을 하시더군요. 일본 전역을 떠돌아다니다가 지금은 나가노 현 산골짜기에서 자급자족 생활을 하고 계시죠.(ㅋㅋ)

**아마미야▶** 그랬어요?

**마쓰모토▷** 콩가루 집안이죠.(ㅋㅋ)

**아마미야▶** 지금은 만나지 않으세요?

**마쓰모토▷** 아뇨, 만나요. 사이가 좋은 편인걸요. 그런 부모님한테 성실하게 살라는 둥 좋은 직장을 얻으라는 둥, 그런 소릴 들었겠습니까?

**아마미야▶** 엄마는 아나키스트에 아버지는 작가시군요. 그럼 월급쟁이가 될 리는 만무하네요.(ㅋㅋ)

**마쓰모토▷** 되려야 될 수가 없죠. 처음부터 제 머릿속에 그런 이미지가 없었으니까요. 샐러리맨은 그저 양복을 입은 사람이거니 여겼죠. 가끔 방문판매원이 찾아오면 왜 이 사람이 회사에 안 있고 여길 왔나 하고 이상하게 생각했죠.

**아마미야▶** … 부럽네요.

**마쓰모토▷** 당시는 '뭐, 이런 부모가 다 있어?' 하고 화를 냈지만요.(ㅋㅋ)

부모님 모두 별나기만 해서 아무리 봐도 다른 집 부모하고는 달랐으니까요.

**아마미야▶** 그때부터 스스로의 힘으로 주변 사람들과 커뮤니케이션 하면서 살아오신 거군요.

**마쓰모토▷** 그럴지도 모르죠. 더구나 동네가 그런 동네이다 보니 얼마나 즐거운지…. 기본적으로 친구하고 놀거나 공장에서 놀았고요. 이웃 아저씨가 캐치볼도 해주었죠.

**아마미야▶** 중학교나 고등학교 때는 어땠어요? 거품경제 시절이었죠? 그런 상황에서 중산층 의식이 싹트지는 않으셨어요? '이다음에 커서 꼭 부자가 되어야지' 하는….

**마쓰모토▷** 아뇨. 평범하게 샐러리맨이 되어 그럭저럭 재미있게 살아가야지 했죠. 변두리에 있는 고등학교는 대체로 꽤 보수적이었거든요. 하지만 대학에 들어간 순간 괴상망측한 놈들이 잔뜩 있다는 걸 알았죠. 그걸 보고 단번에 '아아, 이래도 되는구나. 내 멋대로 살아도 되겠다' 하는 생각이 들었고요. 그러다가 학생운동 와중에 학생과 교직원이 난투극을 벌였는데 학생이 이겼어요. 학생의 요구가 그대로 통과되는 걸 보고 '오호, 이런 일도 있을 수 있구나' 하는 깨달음을 얻었죠. 그 다음 노숙 동호회라는 단체에 가입했는데, 캠퍼스 정문을 들어서면 널브러져 자고 있는 놈들이 여기저기 널려 있었지요.(ㅋㅋ) 어떤 놈은 침낭 위에 '신입회원 모집 중'이라고 써놓기도 했어요.

**아마미야▶** 그럼, 노숙의 기술은 그때 갈고닦은 거군요. 공사현장 높은 곳에서 '노숙'을 하면 묘한 기분이 든다고 하셨는데… 아니, 그런 상태에서 기분 따지게 생겼어요? 죽을지도 모르잖아요?(ㅋㅋ)

**마쓰모토▷** 그야 그렇지요. 위험하죠. 자다가 몸을 뒤척이면 바로 밥숟가락 놓아야 하니까요. 하지만 노숙은 비상시에 무기가 된달까, 무슨 일이 벌어져도 어떻게든 죽지 않을 자신은 있으니까요.

**아마미야▶** 흠, 지금은 모두들 PC방 난민이 되어버렸잖아요. 가난해질 뜻은 전혀 없는데도 말이죠. 마쓰모토 씨는 강하셨던 것 같아요. 괴로워하기보다 즐겁게 헤쳐 나가셨으니….

**마쓰모토▷** 뭐, 어디까지나 일상이니까요.(ㅋㅋ)

**아마미야▶** 세상일에 흥미를 가진 건 언제죠?

**마쓰모토▷** 뭐, 대학에 들어가서부터죠. 중학생이 될 무렵에 천안문 사태나 동구의 베를린 장벽 붕괴가 일어났죠. 그런 사건이 일어나면 흥미가 막 솟구치잖아요. 하지만 정치가 이러니저러니 하는 것보다 군중이 격렬하게 반응하는 것을 보고 '우와, 대단하다!!!' 하고 괜히 가슴이 뜨거워지는 일이 많았어요. 그 영향으로 '나도 저런 것 좀 하고 싶다'는 생각이 울컥 들었죠.

**아마미야▶** 저도 당시 생방송으로 천안문 사태 중계를 보긴 봤는데요. 그보다 전공투(全共鬪)* 계열의 영상에 더욱 흥분을 느끼고 나도 운동을 하

★ 전공투: 전학공투회의의 약칭. 1968년 무렵의 대학분쟁 시기에 일본 각지에서 조직한 학생운동 조직.

고 싶다고 생각했어요. 마쓰모토 씨는 어떻게 운동을 하겠다는 마음을 먹으셨나요?

**마쓰모토▷** 호세 대학에 들어갔을 때 운동을 하고 있는 패거리가 꽤 있었어요. 하지만 기껏해야 옛날 전공투의 마지막 패잔병 같은 인상을 풍기는 100명, 200명 수준에 불과했죠. 어렴풋이 그런 사람들과 관계를 맺기도 해봤지만 나하고는 감각적으로 맞질 않았고, 더구나 오늘날 학생들한

테는 설득력이 없어 보인다는 것을 확실히 깨달았어요. 시답지 않은 '노숙 동호회' 같은 모임이 나하고는 제일 잘 맞았으니까, 그런 감각으로 내가 하고 싶은 말을 하는 게 낫겠다 싶었죠. 그래서 마음대로 일을 벌였다고 할까. 그것뿐이에요. 제가 알 건 다 알면서 바보 흉내를 내고 있는 게 아니냐는 질문을 종종 받는데요. 뭐, 그렇게 되고 싶지만 나한테는 무리예요. 책 읽고 연구하는 건 딱 질색이고요. 그냥 내 멋대로 감성이 끌리는 대로 해나가고 있을 뿐이죠.

## 독일의 데모와 커뮤니티에 놀라다

**아마미야▶** 요전에(2007년 12월) 독일에 가보니까 어땠어요?

**마쓰모토▶** 굉장했어요. 여기하고는 차원이 다르달까….

**아마미야▶** 도대체 〈아마추어의 반란〉이 독일에는 어떻게 가게 된 건데요?

**마쓰모토▶** 최근 〈아마추어의 반란〉이라는 다큐멘터리 영화가 완성되었어요. 데모와 선거에 관한 다큐멘터리인데, 그때 마침 독일에서 놀러 온 사람이 이 영화가 재미있으니까 상영회를 열어보자고 했어요. 그래서 독일의 5개 도시의 여섯 곳에서 행사를 하고 돌아왔죠.

**아마미야▶** 데모도 하셨겠네요.

**마쓰모토▶** 그럼요. 마침 크리스마스를 앞둔 시기라 상업주의가 제일 활개를 치고 있었고요. 그래서 데모도 빈번하게 벌어졌어요. 매주 수천 명 규모의 데모가 열렸는데, 전 세 번쯤 참가했어요. 하나는 불법으로 점거해서 거주하고 있는 빌딩을 최근 부수기 시작했기 때문에 그것을 저지하기 위한 데모였고, 그 다음은 긴장감이 꽤 높은 반경찰 데모, 마지막은 지역의 자유 라디오를 폐지하려는 것에 반대하는 '지키자' 데모였어요.

**아마미야▶** 첫 번째는 '월세 안 내는 게 뭐 잘못 됐냐' 하는 데모군요.

**마쓰모토▷** 그렇죠. 빈 빌딩을 점거해서 마음대로 살고는 있지만, 살아갈 권리는 있으니까 살게 해달라는 거죠. 특별히 나쁜 짓을 하는 게 아니니까요.

**아마미야▶** '아마추어의 반란'의 '월세 공짜를 위한 데모'와 아주 흡사하네요.

**마쓰모토▷** 그래요. 한마디로 독일에 가서 보니 우리보다 훨씬 발전해 있구나 하는 생각이 들더군요. 우리는 '월세 공짜를 위한 데모'였잖아요. 월세를 내기 싫으니까 공짜로 해달라고 부탁을 하는 꼴이죠. 간이 작아요. 하지만 저쪽은 멋대로 점거해서 살면서 '뭐가 잘못 됐어?' 하고 정색을 하고 따지기 위한 데모라는 거죠. 그뿐인 줄 아세요? 경찰을 때리기도 했어요.(ㅋㅋ) 천 명 정도 되는 군중인데, 무시무시한 반골 불량배가 아주 많아요. 흉포해 보이는 놈들이 잔뜩 모여서 돌도 던지고 페인트볼도 던져요. 부자들 거리를 지나갈라치면 갑자기 난폭해져서 보석상 같은 데만 골라서 페인트볼을 던지는 거예요. 돈 없는 개인 상점은 그냥 지나치는 걸 보면, 적이 누군지 정확하게 알고 있는 거죠. 불꽃놀이를 하면 경찰은 최루탄을 쏘아대니 아수라장이 되어버려요. 거기는 점거한 빌딩 안에 라이브 하우스도 있고 술집도 있더군요. 자기들이 노는 장소까지 갖추어 전체적으로 하나의 커뮤니티를 이루고 있다는 점이 무척 흥미로웠어요.

반경찰 데모는 7,000명 정도 모였는데 과격한 패거리도 있는가 하면 할아버지나 할머니, 아이를 데리고 나온 사람까지 있었어요. 이상한 옷차림을 하거나 풍선을 들거나….(ㅋㅋ)

**아마미야▶** 부럽네요. 일본에서 반경찰 데모를 벌이면 큰일 나겠지요? 그 다음은 무슨 데모였어요?

**마쓰모토▷** 자유 라디오를 지키는 데모요. 프라이부르크라는 거리가 있는데 고엔지하고 똑 닮았어요. 데모에 나가 보니까 삼바 부대를 내보내거나 모두 악기를 들고 소란을 피우는 등 흥에 겨워 보였어요. 마침 끝날 무렵에 합류했는데, 갑자기 공원에서 술과 음식을 나누어주고 큰 잔치를 벌이더군요. 경찰이 그 주위를 둘러싸고… 뭐가 뭔지 모를 상황이 여기랑 똑같았어요. 그 사람들 얘기를 들어보니까 2005년 크리스마스에 크리스마스 분쇄 데모를 했던 모양인데….

**아마미야▶** '아마추어의 반란'하고 똑같네요.(ㅋㅋ)

**마쓰모토▷** 예, 정말 똑같아요. 얘기를 계속하자면, 경찰이 벌떼처럼 달려와서 과잉 경비를 서니까 화가 나서 그 다음 해(2006년) 바람맞히기 데모를 했다고 해요. 다수가 참여하는 데모를 신청해놓은 다음 아무도 안 가고 꼴좋다며 박수를 쳤대요.

**아마미야▶** 정말 쌍둥이 형제 같네요.(ㅋㅋ)

**마쓰모토▷** 자매도시라도 맺을까 생각했죠.(ㅋㅋ) 동네마다 데모 방식이 다른 것도 무지 재미있었어요. 거기는 무슨 일이 있으면 힘을 합쳐 이벤트 공간을 빌리는 등 밀접한 연락이 닿는 관계, 즉 하나의 공동체를 이루고 있어요. 세상을 향해 반대의 목소리를 외칠 때는 자기들의 공동체가 당면한 문제로 받아들이고 싸우기 때문에 데모라면 누구나 참가한다는 분위기였어요. 자기들이 노는 공간과 사회에 불평을 털어놓는 일이 동떨어져 있지 않아요.

**아마미야▶** 같은 이유로 화가 난 사람들이 뭔가 반응을 할 때 대개 동일한 행동을 취한다는 것이 정말 대단하네요.(ㅋㅋ) 저번 크리스마스 때도 세계 곳곳에서 크리스마스 분쇄 데모가 있었다는 말이잖아요. 마쓰모토 씨는 신주쿠에서, 프리터 노동조합은 후쿠오카에서, 그 밖에도 혁명적 비데모 동맹은 시부야에서 데모를 했으니까요.

**마쓰모토▶** 교토와 삿포로에서도 데모가 있었어요. 그러고 보니 크리스마스가 반란의 날이 되어가고 있네요.

## 이 시대를 멋대로 살아가기 위하여

**아마미야▶** 10년 동안 활동을 해오시는 가운데 올해야말로 마쓰모토 씨 그룹이 시대와 가장 많이 호흡을 한 해가 아니었나 싶은데요. 격차 사회가 본격화되면서 모두 가난뱅이가 되어가는 중이기 때문일까요?

**마쓰모토▶** 들통이 나기 시작한 게 아닐까요. 사회의 구조라는 것이….

**아마미야▶** 그렇군요. 귀신의 허물이 벗겨지기 시작했달까.

**마쓰모토▶** 드디어 속일 수 없게 된 것이겠죠. 지금까지는 불황이라서 어쩔 수 없다는 식으로 둘러댔지만, 불황이 아니어도 전혀 변하는 게 없으니까요.

**아마미야▶** 경기가 꽤 회복되어 기업은 거품경제 시기 이상으로 돈을 벌어들인다고 하잖아요. 그런데도 이 모양이니 어떻게 화가 안 나겠어요. 경기 회복이라는 말이 나오고 나서 오히려 위태위태한 느낌이 드는 건

독립 조합의 급성장을 봐도 알 수 있죠.

—아마미야 씨의 저서에도 조합 사람들이 많이 나오지요. 그런 점에서 마쓰모토 씨의 위치는 이색적입니다.—

**마쓰모토▷** 나만 서 있는 위치가 달라요. 나만 회사에서 일을 안 하지요.

**아마미야▶** 보통 '노동/생존운동' 활동이라고 하면 노동조합이나 NPO(비영리단체)로 나뉘잖아요. 마쓰모토 씨는 언제나 '기타'로 분류되니까요.(ㅋㅋ)

**마쓰모토▷** 위원장이나 서기장 같은 직함이 많은데 나만 '반란'이라니까요.(ㅋㅋ)

**아마미야▶** 오늘날의 문제를 사회구조적으로 파악하고 진지하게 노동운동을 통해 사회변화를 일으키고자 하는 사람은 조합으로 들어가겠지만, 조합이 모든 문제에 해답이 될 수 없는 경우도 있겠고요. 그보다 사회구조에 대해 모르는 사람이 압도적으로 많잖아요. 물론 조합운동도 하다 보면 재미가 있지만 역시 '아마추어의 반란' 데모만큼 재미있는 건 없는 것 같아요. 뭘 해도 된다는 자유로움이 타의 추종을 불허하니까요. 노동문제라면 조합에서 해결해야겠지만, 어떻게 살아갈까, 어떻게 죽을까 하는 문제는 노동문제가 아니잖아요. 역시 살아가는 문제가 가장 근본적이라고 보면, '아마추어의 반란'만큼 소중한 존재는 없는 것 같아요.

**마쓰모토▷** 확실히 노동운동을 통해 직장에서 일어나는 문제를 함께 해결할 수 있지만, 일상적인 삶을 누리는 현장에 더욱 많은 문제가 산재해 있기 마련이지요. 그렇다고 뭔가 좀 해달라고 '아마추어의 반란'을 찾아와도 해주는 건 없어요. '나라고 알겠냐?' 하는 소리밖엔 못하죠.(ㅋㅋ)

**아마미야▶**  이 책을 읽고 재미있다고 생각한 건 '재미있게 해달라고 찾아오지 말라'고 주의를 주신 점이었어요. 기분이 안 좋으면 얻어맞을지도 모른다고까지 하셨지요? 어디까지나 '자기 힘으로 일구어내라'는 말씀인데, 말만 그런 게 아니라 실제로 그렇게 내치고 뿌리치는 대목이 좋았어요. '아마추어의 반란' 사람들은 서로 도우면서 살아간다고 말하면서도 남에게 의존하고 있지는 않은 거죠.

**마쓰모토▷**  그렇죠. 힘들 때 서로 도와주는 건 당연하지만 '이 사람이 없으면 살아갈 수 없다'는 식으로 비자립적인 상태가 되어버리면 곤란하겠죠. 자기 일을 전부 회사나 가족한테 맡기고 주어진 대로만 살아간다면 얼마나 팔자가 편하겠어요.

**아마미야▶**  그럴지도 모르죠.

**마쓰모토▷**  여러 가지 보장도 해주고 퇴직금도 주고…. 하지만 그렇게 살면 사는 재미가 없으니까 자기 멋대로 사는 게 좋다고 말하는 거고요.

**아마미야▶**  최근 '반빈곤 두레 네트워크'라는 것이 생겼는데요. 한 달에 300엔만 내면 1만 엔을 빌려준다는 시스템이죠. 제가 고문으로 있습니다만, 그렇게 해서 겨우 죽지 않고 살아갈 방법을 찾았다는 느낌이에요. 어쨌든 죽을 것 같은 사람이 '모야이'(※자립생활 지원센터)를 찾아오면 돈을 빌리거나 생활보호를 받을 수 있어요. 또 하나 죽지 않을 방법으로는 '아마추어의 반란'이 있겠고요.

**마쓰모토▷**  단기적으로는 누군가 찾아와서 힘들어 죽을 지경이니 어떻게 좀 해달라고 하면, 밥 한 끼 정도는 사줄지도 모르겠지만 그것으로는 아무런 해결이 안 되죠. 좀 더 긴 안목으로 보면 어떨까요. 지금 기업 같은 데서 일하면서 눈치 보랴 잔업 하랴 힘들어서 못 해 먹겠다는 사람은 우리 같은 커뮤니티에 발을 담그고 놀아보는 게 어떨까요? 그러는 동안에 가게를 열 수도 있고 가게를 빌려 물건을 팔기도 하고…. 살아갈 방법은 얼마든지 있어요. 우리가 노동운동과 다른 점은, 어떻게 하면 돈을 쓰지 않고도 살아갈 수 있는 사회를 만드느냐를 고민한다는 거죠. 다시 말해 지금 엉망진창이 되어버린 세상에서 어떻게 탈출하느냐 하는 이야기를 한다는 겁니다. 노동운동은 현존하는 체제 안에서 임금노동으로 살아가는 것을 전제로 삼고 그 속에서 어떻게 하면 좀 더 나은 대가를 받을까를 궁리하잖아요. 하지만 우리는 그런 건 웃기지도 않는 수작이니까 일체 아무것도 안 하겠다고 떠들어대죠. "회사에서 일하지 않을 거야. 그냥 내 멋대로 살아갈 거야." 바로 이렇게요.(ㅋㅋ)

**아마미야▶** 하지만 노동운동도 결국에는 그런 걸 위해 하는 거라고 생각해요. 그래서 반드시 서로 만나는 부분이 있다는 거죠. 조합에 속한 사람들은 마쓰모토 씨를 좋아해요.

**마쓰모토▷** 확실히 자다가 봉창 두드리는 격으로 가게를 해보겠다며 덤빈다고 일이 술술 풀리는 건 아니죠. 당연히 처음에는 회사 같은 데서 일을 해야 조금이라도 여유가 생길 거고, 그제야 탈출할 수 있는 가능성이 있을 테니까요. 뭐, 한마디로 우리한테 속속 넘어올 거라는 말씀. 그런 다음엔 직장을 아예 우리 것으로 만들어버리기 시작해야죠.

앞으로는 극장 작전을 펼칠 거예요. 뭐 대단한 건 아니고요. 삿포로에 갔을 때 공동의 이벤트 공간을 갖는다는 게 그렇게 부러울 수가 없더라고요. 그래서 하나 만들어볼까 생각하던 차에 독일에 가서 보니까 동네 전체에 그런 곳이 엄청 많은 거예요. 독일에서 자극을 꽤 받았지요. 그래서 최근 고엔지에서 건물을 빌렸어요. 월세 7만 엔에 한 10평쯤 될까? 다다미 20장이니까 약 10평 정도의 아주 비좁은 공간이지만 30~40명 정도 모여서 이벤트를 여는 일은 가능할 것 같아요. 소음으로 이웃집에 폐를 끼치면 안 되니까 라이브는 좀 힘들지 모르겠지만 영화 상영은 충분히 가능하죠. 독일에는 그런 공간에 반드시 술 파는 곳이 있어서 그곳의 이익으로 방세도 내고 운영도 하더라고요. 우리는 그런 곳을 경영하면서 먹고 살아갈 수 있는 사람이 아무도 없고 해서, 땡전 한 푼 안 들이고 공짜로 놀 수 있는 곳을 만들려고 해요.

## 최근 10년 동안 가장 속이 후련했던 책

**아마미야▶** 마쓰모토 씨가 쓰신 이 책의 원고를 읽었을 때, 최근 10년 동안 읽었던 책 중에 가장 속이 후련하더군요. 쾌재를 불렀죠. '첫머리'에 "말하자면… 정사원으로 일하면서 결혼하고 아이 키우고 집도 사고 해서 이제는 '우등반'에 들어갔다고 생각하는 자네! 우쭐거릴 일이 아닐세! 안된 얘기지만, 자네도 이미 각 잡힌 가난뱅이란 말씀이야"라고 쓰셨잖아요? 정말 이젠 너도 나도 가난뱅이잖아요. 부자는 일을 하든 안 하든 돈이 굴러 들어오는 시스템을 만드는 사람들이고 그 밖에는 전부 가난뱅이라는 사고방식에 무척 공감을 했답니다. 정사원이라고 해야 한 달에 30만 엔 정도 받을 텐데요. 자기 시간은 1분도 없는 주제에 '우등반'이라고 착각하는 사람들도 있지요. 그런 사람이 부자라고 할 수 있나요? 결국 90퍼센트 이상이 가난뱅이 계급인 거죠. "모범수냐 문제아냐 그런 차이는 있겠지만, 결국은 강제노동 수용소에 갇혀 있다는 사실에는 변함이 없는 거야. 흐음, 이거 이렇다면 탈출해야 하는 거 아냐?" 하고 쓰신 걸

보고, 이거야말로 언어의 경지를 뛰어넘었구나 하고 무척이나 감동했답니다.

이 책의 원고를 기차 안에서 읽다가 웃음을 참느라고 혼이 났어요. 제일 참기 힘들었던 대목이 '3인 데모'였지요. 데모를 하는 이유를 "역 안 화장실에서 휴지를 100엔에 팔지 않으면 좋겠다"고요?(ㅋㅋ) 왠지 그게 뭔가 정곡을 찌르는 것 같았어요. 그냥 입에서 나오는 대로 지껄인 말 같지만, 그게 바로 가슴을 파고든단 말이죠.(ㅋㅋ) 그리고 언어 타기 대목하고 노숙에 관한 것도 재미있었어요.

**마쓰모토▶** 궁리를 짜내서 절약을 하면 돈을 쓰지 않고도 이렇게 살 수 있다는 책은 꽤 나와 있어요. 하지만 그런 책들은 영양가가 없다고 생각해요.

**아마미야▶** 단순히 절약만 말하니까 그렇죠.

**마쓰모토▶** 맞아요. 그렇게 되면 단순한 구두쇠에 불과하겠지요. 그런 짓만 하다가는 그나마 가난뱅이의 월급만 깎이지 않겠어요? 우리 가난뱅이가 부자들을 때려잡기 위해서는 뭔가 일이 벌어졌을 때 견뎌낼 수 있도록 체력을 다져놓아야 하는데, 그럴 때 씩씩하게 싸울 수 있는 노하우를 책으로 엮어내고 싶었어요.

**아마미야▶** 제2장 앞머리에 "오히려 돈이 들지 않는 기술을 너무 잘 습득해서 '야아, 한 달에 5만 엔만 줘도 돈이 남는단 말이지!' 하는 소리까지 나오면, 임금이 5만 엔으로 깎일 염려도 있다! 어라, 그건 안 될 말이지!" 하고 쓰셨듯이 그렇게 밀고 당기는 일이 있게 되면 말이죠, 아마 이시하라 신타로 같은 사람들은 반드시 이용해 먹겠다고 달려들걸요.

**마쓰모토▶** 그래요. 직장에서는 일한 만큼 돈을 잘 받는 것이 중요하죠.

어쩔 수 없이 성실하게 살아가는데 돈도 제대로 못 받으면 말이 안 되죠. 하지만 거기에서 빠져나온 이상 돈을 쓰지 않고도 생활할 수 있는 곳도 있다는 말인데요. 그래서 하루빨리 노동현장에서 도망을 나와 자기들의 커뮤니티를 만드는 게 좋아요. 결국 이 사회는 아무리 돈을 받아도 죽을 때까지 전부 돈을 탈탈 써버리게 하는 시스템이니까요. 최후에는 자기 무덤을 사서 거기에 들어가는 거죠. 그런 것까지 전부 정해주는 세상에 빠져 허우적거리면서 헤헤거리는 사람을 모범수라 해야 할까요, 아니면 멍청이라 해야 할까요.

**아마미야▶** '모범수'란 표현도 아주 훌륭해요. 이젠 난폭한 죄수가 되든가 탈옥할 수밖에 없다는 뜻을 내비치네요. … 다다미를 드신 적도 있는 거예요?

**마쓰모토▷** 에에, 먹어봤죠.

**아마미야▶** 내가 아는 사람은 전화 수첩을 먹었대요. 삶아서 마요네즈 찍어서….

**마쓰모토▷** 그래요? 잉크는 몸에 나쁠 것 같은데…. 맛있었대요?

**아마미야▶** 그건 잘 모르겠어요. 다시 책 이야기로 돌아갈게요. 언제나 이해가 안 가는 일이 있어요. 후지 산 록페스티벌 같은 행사에 가려면 돈을 내야 하잖아요. "자, 이제 마음껏 즐겨도 좋아요"라는 여권을 다들 돈 주고 힘들게 손에 넣는 게 이상해요. 그런 식으로 스트레스를 발산한다고 한들 의미가 없지 않을까요? 소비자밖에 안 되는 주제에 자유롭다고 착각을 하니….

**마쓰모토▷** 그래요. 그런 식으로 주어지는 자유는 나가 돼지라죠.

**아마미야▶** 그런 식으로 노느니 공짜로 들어갈 수 있는 야스쿠니신사에 가는 젊은 애들이 그래도 좀 나을지 몰라요.

**마쓰모토▷**  그건 그렇죠. 축제는 누가 뭐래도 자기 손으로 이루어내지 않으면 얘기가 안 된달까, 하나도 재미가 없죠. 야스쿠니는 기분이 나빠서 싫어하지만….

## 반란의 바이블

**마쓰모토▷**  우선 이 책에서 지적했듯이 가난뱅이가 마음대로 살아갈 수 있는 기술은 얼마든지 있기 때문에 가난뱅이가 가진 모든 것을 동원해서 반란을 일으키지 않으면 아무것도 안 된다고 생각해요. 아무 일 없이 평안하게 생활하는 것보다 하고 싶은 일을 맘껏 해야 저는 직성이 풀려요.

**아마미야▷**  이것저것 돈을 쓰지 않고 사는 생활의 지혜에서 반란을 일으키는 방법까지 상세하고 친절하게 서술하셨는데 전부 참고하면 마쓰모토 씨처럼 살아갈 수 있겠지요?(ㅋㅋ)

**마쓰모토▷**  이건 어디까지나 실용서니까요.(ㅋㅋ) 이걸 그냥 읽을거리로 보시면 그거야말로 모범수가 되는 첫걸음이죠.

**아마미야▷**  이런 식으로 사는 게 훨씬 즐겁다고 봐요. 책임은 전적으로 자기한테 있겠지만….

**마쓰모토▷**  저도 진짜 몰라요, 어떻게 좀 해달라고 해도….(ㅋㅋ)

**아마미야▷**  그래요. 책임을 질 수는 없지만, 지금 사는 게 괴롭거나 재미가 없다면 이런 식으로 사는 게 백 번 천 번 좋다는 거죠. 한 가지 삶밖에 모르면 앞날이 약간만 막막해져도 쉽게 무너지고 말죠. 예를 들어 치한으로 몰려 체포당한 월급쟁이가 자살해버린 사건이 있었잖아요. 그러니까 무슨 일이 있을 때를 대비해서 이런 삶도 있다는 것을 아는 것과 알지 못하는 것은 완전히 다르다고 봅니다.

그다음 말하고 싶은 것은, 그런 삶을 살든 안 살든 무슨 일이 있어도 데모에는 꼭 참가하는 것이 좋아요. 지금 일본에서 데모만큼 해방구를 만들 수 있는 방법은 없는 것 같거든요. '아마추어의 반란'은 일본에서 제일 자유롭고 제일 위험한 장소가 아닐까요.

**마쓰모토▷** 제일 위험한 장소?!(ㅋㅋ)

**아마미야▶** 반드시 역사적인 사건이 될 거예요. '아마추어의 반란'은 이런 선거를 했고 이런 데모를 했다는 식으로 역사에 남겠지요. 역사의 증인이 될 거예요.

**마쓰모토▷** 그렇게까지?(ㅋㅋ) 그래요, 이 책은 반란의 바이블 같은 책이 되었으면 좋겠어요.

(2007. 12. 26. '아마추어의 반란' 세피아에서)

　이제 여기까지 글을 읽고 산처럼 많은 엄청난 작전을 몸에 익혀버린 유망주인 제군!

　'후기'라고 해서 '읽어주서서 고맙습니다' 하고 좀스러운 인사말이나 늘어놓겠지 하면 착각도 수준급이다. 이제부터 세상을 멋대로 살아가려고 하는 우리가 그 따위 멋대가리 없는 말이나 할 것 같으면 기죽은 얼간이일 뿐이다. 그럴 시간이 있으면 마지막까지 작전 하나라도 더 익혀두자.

　실은 이 글을 쓰고 있는 곳은 독일이다. 최근 고엔지의 기타나카 거리나 '아마추어의 반란' 데모, 선거 등을 촬영한 다큐멘터리 영화(나카무라 유키中村友紀 감독, 제목이 〈아마추어의 반란〉인데 좀 매가리 없다)를 상영한다기에, 불똥이 더 멀리 튀게 하려고 여기까지 왔다.

　베를린이나 쾰른, 함부르크 등 독일 전역에서 영화를 상영하면서 술 마시며 돌아다녔는데, 독일의 거리에는 엉뚱한 공간이 셀 수 없이 많다는 데 놀랐다. 어딜 가도 공짜에 가깝게 놀 수 있는 곳이 있고, 뭐가 뭔지 잘 모르겠지만 밥을 주거나 잠을 재워주는 곳도 있고, 무슨 까닭인지 경찰이 들어올 수 없는 곳도 있다. 지방의 작은 동네에 가도 망나니 놈들의 거점 같은 공간이 있어서 온 동네 오합지졸이 서성거리고 있다.

특히 베를린에는 멋대로 점거한 거대한 건물이 많은데, 이게 또 사람을 놀래킨다! 시내 중심부에 있는 '쾨피'라는 엄청난 건물은 독일에서 자유롭게 살아가는 놈들이 모인 곳이다. 지하와 1층에는 라이브 공간과 술집이 몇 개나 있고 위층에는 사람들이 살고 있다. 마침 베를린에서 데모가 일어난 다음에 방문하게 되었는데, 분위기가 흉흉했다. 처음부터 끝까지 하드펑크라고 써 붙인 오빠들이 라이브를 열어 '경찰놈들, 오기만 해봐라, 흠씬 혼내줄 테니!' 하고 소리를 지른다. 주위를 둘러보니 가죽점퍼를 입은 사람이 95퍼센트가 넘었다. 듣도 보도 못한 험상궂은 놈들이 데모를 마치고 돌아오던 길이라 더욱 긴장감이 돌면서 북적북적 들썩대고 있었다. 더 볼 것도 없이 뒤숭숭한 곳이라는 것을 깨닫고 다른 날 가보았더니 여자 보컬이 끼어 있는 팝 밴드가 라이브를 열고 있었다. 채식주의자가 느긋하게 채소를 먹는 것도 묘한 분위기를 풍긴다. 그야말로 제멋대로인 놈들이 제멋대로 노는 공간이라는 느낌이었다.

겉모습도 아주 느낌이 좋았다. 건물 자체를 온통 마음대로 칠해놓은 것도 대단히 인상 깊었고 외벽에 걸려 있는 '자유의 여신'의 목도 특이했다. 자세하게 들어보니까 이곳은 애초부터 마음대로 점거해서 살고 있는 빈 건물이기 때문에 월세도 내지 않는다고 한다. 최근에는 아무래도 철거하려는 압력이 거세지는 듯한데, 지금도 끈질기게 버티고 있다. 흐음, 이놈들 한 가닥 하는데!

이런 생각에 일본은 어떤가 하고 돌이켜보니까….

봉사 활동으로 잔업을 해줘? PC방 난민? 변리사를 고용해서 자기가 낼 세금을 계산해? 거리에서 담배를 피우면 벌금? 과로사? 우울증? 30년

대출상환으로 변두리 주택가에 집을 사? 할아버지, 할머니는 죽기 전에 남은 돈으로 자기 무덤을 사고 좋아들 하셔?

바보들 같으니라구! 이보쇼, 정신 차리쇼! 일본에서 태평하게 착한 애들처럼 말 잘 듣고 살면 다요? 독일은 벌써 처참한 꼴이 되어 있다구요! 이런, 빌어먹을. 이대로 질 줄 알아?! 지금 당장 일본 전역에 '쾨피'를 만들 수밖에 없다구.

그러면 얼마나 재미가 쏠쏠할까. 틀림없이 엄청난 가난뱅이의 반란이 일어날 거야!

'쾨피'의 문화 수준은 무서울 만큼 높았다. 일본 사회도 독일을 비롯한 다른 지역이 따라올 수 없는 끼를 갖추고 있다. 더욱 대단한 일을 해낼지도 모른다. 하여튼 황당하고 즐거운 지역을 만들어가자!

우와, 바로 그거야! 이젠 소동을 피우는 수밖에 없어! 축제를 열자!!

그러나 제군, 잠깐만 진정하게.

자유롭게 살아갈 수 있는 장소나 상황을 조성하는 일도 아주 중요하지만 갑자기 경찰과 난투극을 벌이거나 빌딩을 점거했다고 '쾨피'가 되는 건 아니다. 결국 가장 중요한 것은 일상생활 속에서 얼마나 하고 싶은 일을 하면서 살아가느냐, 이거다.

따분한 직장에서 일하는 친구가 "아이고, 이런 일을 언제까지 해야 하는 거야. 3년만 다니고 그만둬야지. 그때는 자유롭게 살아가야지" 하는 놈치고 진짜 회사를 그만두고 자유롭게 사는 꼴을 본 적이 없다. 항상 안정감 위주로 무리도 안 하는 대신, 하고 싶은 일도 못한다면 해방감 있는 세상을 맛볼 수 없다. 술이 거나하게 취했을 때만 "우리 마누라가 잔소리를 해대면 뺨따귀를 때려서 입을 다물게 해줄걸” 하고 큰소리치는 아저씨일수록 집에서 매일 무릎 꿇고 빌기 마련이다(이크, 이 예는 좀 잘못되었는지도! 실수!). 그러니까 내가 얘기하고 싶은 것은 생각만한다고 뾰족한 수가 생기는 게 아니라는 것이다. 인간은 계획하면 못쓴다.

그래서 이 책이 아주 중요하다. 노숙을 할 수 있고 자동차를 얻어 타고 밥을 얻어먹으며 살아갈 수 있다면 우선 목숨은 부지할 수 있다. 동네에 불만이 있으면 데모를 하면 된다. 혹시 데모나 선거를 벌이다가 회사에서 해고를 당하더라도 상점가 사람들과 잘 사귀어두면 가게를 열수도 있다. 경찰에 잡혀가면 구원 연락 센터가 달려갈 테고 여차하면 노숙 기술이나 얻어 타기 기술을 써먹으면 된다. 호오, 누워서 떡 먹기다. 마음만 고쳐먹으면 미래 지향적인 얘기만 나누기에도 시간이 모자랄것이다. 그렇다면 마음먹은 대로 기를 쫙쫙 펴고 실행하는 수밖에 없다. 이런 짓만 계속 하는 패거리가 모이면 어느 새 ‘쾌피’가 하나나 둘쯤생겨날지도 모른다.

자! 그러면 이 책을 빨리 읽고 친구에게 빌려줘서(←이 점이 중요) 재미있는 일, 엉뚱한 일, 수수께끼 같은 요상한 일을 속속 일으키자! 무슨 일이 있어도 난 알 바 아니지만, 환하게 웃을 수는 있을 거다!

가난뱅이는 다른 사람의 말은 듣지 않아! 꼴좋다, 이놈들아!

## 1974년 0세

10월_ 도쿄 세타가야(世田谷)에서 태어남. →그 후 고토 구(江東區)의 달동네 지역에서 자라다.

## 1980년대 전반 초등학생 시절

단지의 엘리베이터를 고장 내서 이웃집의 보기 싫은 할머니를 감금시키고 도망간다든지, 집단 등교 팀의 반장이 되면 학교가 아니라 엉뚱한 방향으로 애들을 끌고 가서 공원에서 실컷 놀고 모두 학교를 빼먹게 만든다든지, 긴케시(キン消し)*가 유행하자 친구들과 어울려 긴케시 케이

★ 긴케시: 만화 『긴니쿠만』에 등장하는 초인 모양으로 만든 지우개로 '긴니쿠만 지우개'의 준말.

스를 큰 돌로 내리쳐 알맹이를 꺼내거나…. 매일같이 사고를 치고 선생님이나 이웃 할머니들한테 매를 맞다. 평소에는 시도 때도 안 가리고 공터에서 야구를 하거나 과자 가게 또는 근처 공장에서 장난을 치다.

## 1980년대 후반 중고등학생 시절

천안문 사태나 베를린 장벽 붕괴, 거품경제 붕괴 등 세상을 떠들썩하게

만든 사건이 일어나자 대단히 충격을 받고 '우와, 나도 하고 싶어' 하는 생각이 강하게 들었다. 하지만 결국은 뭐가 뭔지 도통 몰랐기 때문에 BOOWY라는 밴드에 감동을 받아 기타를 사거나 (중학생 때) 오디오를 사려고 이삿짐센터나 철도 공사장에서 아르바이트를 했다. 또 롤링스톤즈, 에릭 크랩튼, 에어로 스미스의 라이브에도 가는 등 (고등학생 때) 엉뚱한 짓을 반복했다. 청춘18 열차표를 가지고 무전여행을 떠나는 데 맛을 들이다.

보통 때는 얌전히 집에 돌아와 친구들과 거리를 헤매다. 장소는 긴시초(錦糸町)나 기타센주(北千住), 아니면 아사쿠사(浅草).

## 1994년 19~20세

**4월_** 호세 대학에 입학. 대학이 엉망이 되어가는 걸 보고 눈이 휘둥그레지다. 가장 어수룩한 집단=노숙 동호회에 가입.

**5월_** 모토스 호수(本栖湖)에서 보트를 빌려 호수 경계를 넘어 탈주하지만 (돈을 내지 않기 위해) 폭풍우를 만나 조난을 당하다. 기적적으로 4시간 후 구출되다.

## 1995년 20~21세

**12월_** 노숙 동호회 회장으로 선출되다. 천안문 광장에서 현지 집합+현지 해산 및 합숙, 100시간 동안 참고 달리는 자전거 경주 등 무모한 기획을 거의 한 달에 한 번꼴로 개최하다.

## 1996년 21~22세

**8월_** 중국을 여행하는 동안 서안(西安)에서 강도를 만나 죽을 뻔하다. 게다가 여행 중 3,000미터나 되는 산에 티셔츠와 게다 차림으로 올라간 탓에 발은 부르터 피가 나고 감기에 걸리는 등 불운과 재난이 끊이지 않다.

**10월_** 가난뱅이 호세 대학인 주제에 깨끗하고 번드르르한 대학 흉내를 낸다는 멍청한 계획= '이치가야(市ヶ谷) 재개발'에 반발하여 '호세 대학의 궁상스러움을 지키는 모임'을 결성하다.


## 1997년 22~23세

**1월_** 가난뱅이에게 봉기를 호소하는 『가난뱅이 신문』을 창간하다.

**1~2월_** 겨울에 홋카이도를 원동기 붙은 자전거로 여행하다. 영하 30도까지 내려가는 곳에서 자취와 노숙으로 버텼기에 얼어 죽을 뻔하다.

**4월_** 학생식당 밥값 20엔 인상 반대.

당시 호세 대학에는 가난뱅이가 엄청 많았기 때문에 백 수십 명이 모여 학생식당에 난입하여 대혼란을 일으키다.

**7월 19일_** 아이치(愛知) 대학에서 '궁상스러움을 지키는 모임'을 발족하다. 두 군데 대학에 모임이 생겼으므로 즉각 전국조직을 사칭하여 '전국빈곤학생총연합'(전빈련)을 결성하다.

**8월_** 시베리아와 몽골을 여행하다. 블라디보스토크에서는 마피아에게 쫓겼고, 몽골에서는 초원이나 고비 사막의 유목민 집에서 잠을 자며 돌아다니다가 먹을 것이 떨어져 굶었다. 또 차를 얻어 타고 중국의 국경을 넘다가 인민해방군에게 잡히기도 했다. 별로 신나는 일은 없었다.

**9월 24일_ 방위청 앞에서 찌개 집회.**

일미 군사동맹을 강화한다는 소문을 듣고 징벌을 하기 위해 당시 롯폰기에 있던 방위청 앞에서 찌개 데모를 감행하다.

**11월_ 자주호세 축제에서 '숙주 먹기 대회'를 개최하다.**

**12월_ 노숙 동호회 주체로 도호쿠 지방 1,500킬로미터 자전거 일주에 참가하다. 열흘 만에 완주하여 3위에 등극하다.**


**1998년 23~24세**

**4월 23일_ 제2회 방위청 앞 찌개 집회.**

**5월 12일_ 추오(中央) 대학에서 '궁상스러움을 지키는 모임'이 발족하다.**

**5월 27일_ 호세 대학에서 5·27 가난뱅이 총궐기대회.**

거대한 캠프파이어를 하거나 주정뱅이가 새 교사(校舍)의 건설 현장에 난입하는 등 실로 폭동으로 변했다.

**6월 16일_ 맥주 파티 투쟁.**

캠퍼스에서 온통 맥주를 팔아치웠다. 대학 안이 취한 놈들 세상이 되었다.

**6월 26일_ 카레 투쟁.**

바가지를 계속 씌우는 생활협동조합 식당 앞에서 100엔에 카레를 판매하다. 350그릇이나 팔아서 찍 소리도 못하게 코를 납작하게 눌렀다.

**9월 28일_ 다마(多摩)★ 냄비 투쟁.**

★ 다마: 도쿄 남서부에 있는 도시. 양잠이 유명했지만 최근 구릉지에 주택가가 들어서 인구가 급증했다.

호세 대학 다마 교사에 야간 출입을 금지하는 것에 항의하여 다마 캠퍼스에 자리를 깔고 밤을 새워 찌개를 끓이며 잔치를 벌였다. 하지만 사람이 별로 없어서 아무도 상대를 해주지 않았다. 경비원도 본척만척하다.

**10월 3일_ 가짜 오픈 캠퍼스.**

대학 당국이 자기들한테 유리한 얘기만 늘어놓는 오픈 캠퍼스 날에 양복을 입고 가짜 부스를 설치하다. 똑같이 만든 가짜 팸플릿을 준비하여 "아이고, 요즘 우리 대학, 취직률이 낮습니다요" "학생운동에는 자신이 있습니다!" 하고 외치다. → 수험생은 모두 믿었다.

**10월 7일_ 와세다 대학에서 '궁상스러움을 지키는 모임' 결성.**

와세다 대학의 얼빠진 가난뱅이 학생이 드디어 들고 일어나다! 와세다 대학 안에서 찌개 집회.

**10월 19~29일_ 이치가야 해방구 투쟁.**

캠퍼스에 찌개 냄비, 난로, 냉장고, 텔레비전 등 가재도구를 가지고 와서 열흘 동안 매일 잔치를 벌였다. 집으로 돌아가던 학생이 모두 발길을 멈추어 한때 북적거렸다. 마지막에는 교수도 끼어 들어 뒤죽박죽 야단법석 술 파티가 벌어지다.

**10월 22일_ 멋대로 발족한 ICU 학생이 학내에서 찌개 집회.**

'궁상스러움을 지키는 모임'도 덩달아 ICU를 결성하다.

**11월 13일_ '궁상스러운 가쿠라자카(神樂坂)를 지키자' 데모.**

첫 가두시위를 기록하다. 무슨 일인지 모르겠지만 가난뱅이가 가쿠라자카에 모여들었다.

**11월_ 자주호세 축제에 참가. '낫토(納豆) 먹기 대회' 결행.**

**11월 24일~12월 4일_ 이치가야 해방구 투쟁.**

## 1999년 24~25세

**1월 18일~26일_ 이치가야 해방구 투쟁.**

언제나처럼 난로 & 냄비 & 음주가무.

**2월 5일 & 9일_ 야간부 폐지 반대 난로 투쟁(제1회 & 제2회).**

2부(야간부)의 폐지 반대를 호소하며 대학의 교섭 창구 앞에 난로를 설치. 또 잔치를 벌이다. 창구 업무가 마비됨.

**3월 6일_** 2월의 난로 투쟁 때 대학 측이 "난로를 계속 갖고 오면 학사처분도 불사하겠다"(←멍청이)고 경고를 하기에 다시 한 번 난로 집회를 결행하다.

**4월 23일_** 이시하라 신타로가 도지사에 당선되었기에 첫 출근 저지를 위해 도청 앞에서 찌개 집회를 열다. 이시하라, 힐끗 쳐다보다.

**4월 26일_ 제2식당 돌격 집회.**

제2식당이 금연을 선포하기에 항의 집회를 벌이다. 200명 이상이 모여 가마를 앞세우고 바가지 씌우는 식당에 돌입하다.

**6월 17일_ 자주강좌 이벤트 '호세 가난뱅이 대학' 개교.**

제1회 강좌 '궁상스러운 대학이란 무엇인가?'

**6월 22일_** 무사시(武蔵) 대학 가난뱅이 추진위원회가 발족하다.

무사시 대학에서 찌개 집회를 결행하여 많은 얼간이 학생들이 모였다.

**7월 10일_ 오픈 캠퍼스 분쇄 행동(날씨 맑음).**

또 다시 시시한 설명회를 개최하려고 하기에 역 앞에서 "오늘 오픈 캠퍼스는 우천인 관계로 중지합니다"라고 쓴 플래카드를 걸고 수험생을 돌려보냈다.

**7월 17~19일_ 전빈련 전국대회.**

각 대학에서 본부를 쟁탈하기 위해 황거(皇居)*의 해자에서 수영대회를

★ 황거: 천황이 사는 곳.

결행하다.

**9월 24일_ 맥주 파티 투쟁.**

캠퍼스에서 캔맥주를 500개 이상 팔아서 학내에 술 냄새가 진동했다. 그 기세를 몰아 이소룡의 〈불타라 드래곤〉의 주제가와 함께 총장실 난입!

**11월 8일_** 대학 측이 전단지를 못 붙이도록 금지하는 설명회를 열려고 하기에 학생 한 무더기가 난입하여 설명회를 중지시키다. 전단지 규제도 못하도록 막았다. 여기에 앞서 대학 측은 이날을 기해 '마쓰모토 하지메 문책 처분'을 발표하다(이유는 난로를 가져와 술을 마시며 시끄럽게 했다는 것).

**11월_** 자주호세 축제 참가. '무 먹기 대회.'

신문 배달을 하는 야간학부 형이 우승하여 가난뱅이 챔피언이 되었다. 절절함에 가슴이 뭉클하다.

**12월 13일_** 캠퍼스 난로 투쟁. 처분을 받아도 쫄지 않을 것을 선언하다.


**2000년 25~26세**

**4월 14일_** 제2회 호세 가난뱅이 대학 '학생의 본분이란 무엇인가?'

**4월 18일_** 제3회 호세 가난뱅이 대학 '궁상스러운 대학 생활을 권한다'

**4월 21일_** 호세 대학에 27층짜리 새 교사가 완성되었으므로 1층 입구 홀에 다다미를 깔고 잔치를 결행하다. 단숨에 궁상이 뚝뚝 떨어지게 만들다.

**4월 27일_** 제4회 호세 가난뱅이 대학 '제대로 살지 않는 게 뭐가 어때

서?'

**5월 3일_** 히비야 공원에서 행한 호헌집회에 참가하다. 1만 명 정도 모였기에 오랜만에 집회에 참가했다고 설레었으나 기대와는 달리 별 재미가 없었다. 심심하기에 집회 장소 밖에서 깔짝깔짝 방해하고 있는 우익단체 선전 자동차(언제나 그렇듯이 검은색 차에서 엔카를 흘려보내는 놈들)를 향해 "우익 놈들아, 덤벼라!" 하고 약을 올리다. 갑자기 안에서 조폭 같은 놈들이 몰려와서 난투극이 벌어지다. →집회 주최자에게 혼나다.

**5월 25일_** 손으로 만든 포장마차를 완성하다. 호세 대학 구내에서 어묵 국물 등 영업을 개시하다.

**6월 23일_** 맥주 파티 투쟁. 800개 팔아치웠다.

**7월 13일_** 마쓰모토 씨에게 재차 '정학 1개월' 처분을 내리다(←이유는 학내에서 맥주 파티를 열어 시끄럽게 했다는 것).

**12월 19일_ 갈고등어 테러 결행.**

학비 인상 문제의 교섭에 응하지 않는 대학 측을 향해 창구 앞에서 갈고 등어를 구워대어 직원들을 혼비백산시키다.


**2001년 26~27세**

**3월_** 호세 대학 졸업. 거의 수업에 출석하지 않았음에도 학점을 대량으로 받아 반강제로 졸업하다. 왠지 심사가 틀려서 다음 달 통신과에 재입학하다(적당히 대학을 떠날 생각이었건만…). 덧붙여 열을 받았기 때문에 졸업증서를 받지 않겠다고 거부했지만 강제로 건네주기에 갈기갈기 찢어서 쓰레기통에 던져버렸다.

**8월 31일_ 신주쿠 역 동쪽 출구 가난뱅이 집회.**

그런데 이 집회를 여는 동안 바로 옆 주상복합 빌딩에 화재가 발생하여 44명이 사망했다. '가난뱅이 반란'이라는 현수막을 걸고 찌개 냄비를 끓였기 때문에 형사한테 "네가 불 질렀지?" 하고 누명을 뒤집어쓸 뻔하다.

**9월 21일_ 호세 대학 페인트 사건.**

호세 대학에서 호세 대학의 기요나리 총장, 와세다 대학의 오쿠시마 총장, 오릭스(ORIX)의 미야우치 회장 등 학계, 재계의 질 나쁜 중진 일당이 돼먹지 못한 회의를 연다기에 다짜고짜 들어가 페인트를 뿌려대다. 다들 혼이 나가서 허둥지둥하다.

**10월_ 신주쿠 역 앞 가난뱅이 집회.**

**10월_ 고엔지 역 앞 가난뱅이 집회.** 코미디언, 바람둥이 등 웃긴 놈들이 벌떼처럼 몰려 오다.

**10월_ 나카노 선프라자 앞 가난뱅이 집회.**

**11월_ 오기쿠보 역 앞 가난뱅이 집회.** 교회 부지 안에서 멋대로 잔치를 결행하다. 경찰이 뛰어왔지만 "우린 교회 관계자라구. 예배드리는 데 방해하지 마!" 하고 거짓말을 했더니 군말 않고 돌아가다. 이봐, 교회 사람들이 잔치 같은 걸 열 리 없잖아?

**12월 24일_ 신주쿠 남쪽 출구 크리스마스 분쇄 집회.**

"산타를 죽여라! 루돌프를 끓는 냄비에! 선물을 전당포에 맡겨라!"라는 플래카드를 내걸었다. 그런데도 크리스마스 파티라고 오해를 받아 산타 옷을 입은 여자애가 찌개 파티에 끼어들더니 나중에는 크리스마스 캐롤을 불렀다. 뭐가 뭔지 도통 모르는구만.

**12월 31일_ 신주쿠 알타 앞 카운트다운 집회.**

## 2002년 27~28세

**1월 14일_** 2001년 9월의 호세 대학 페인트 사건 용의자로 체포.

저녁 때 집에 돌아오니 갑자기 하드보일드한 롱코트를 입은 남자가 등 뒤에서 어깨를 탁 두드리더니 "마쓰모토 군이지? 알고는 있겠지?" 하면 서 안쪽 주머니에서 체포장을 쓰윽 꺼내서 보여주었다. 이 남자, 〈태양을 향해 짖어라!〉(太陽にほえろ!)*를 너무 열심히 봤다.

★ 〈태양을 향해 짖어라!〉: 1972년부터 1986년까지 718회에 걸쳐 방영한 형사 드라마.

**1월 14일~2월 26일_** 즐거운 쓰키지(築地) 경찰서 생활.

6인실. 조폭, 사기꾼, 치한, 노숙자, 게임방의 체포요원 점장, 각성제 상 인, 불법체류자 외국인, 살인범 등 감옥은 실로 인재의 보고다! 서로 엉 뚱하고 기발한 기량을 가르쳐주고 매일 배꼽이 빠질 만큼 웃으면서 지 낸다. 약간 허름하고 어수룩한 유스호스텔 같은 느낌이랄까.

**2월 26일~5월 30일_** 느긋하게 도쿄 구치소 생활.

독방. 시끄러운 도시를 떠나 평소 때는 절대 하지 않는 독서에 열중하거 나 다른 방의 죄수와 몰래 접선을 하거나 밀주 제조에 도전하거나 하며 유의미한 나날을 보냈다.

**5월 30일_** 징역 1년 반에 집행유예 3년의 판결을 받고 석방. 다시 황야 로 돌아가다.

**7월경_** 호세 대학에서 학적을 박탈당하다.

**8월_** 『가난뱅이 신문』(가두판) 제2호 발행.

**9월~10월_** 고엔지, 다카다바바, 신주쿠 남쪽 출구, 하라주쿠, 도쿄 역, 신바시 역 앞에서 가난뱅이 집회.

**11월 15일_** 이케부쿠로 역 앞 가디언 엔젤스 분쇄 집회.

경찰의 앞잡이가 되어버린 놈들을 징벌하고자 역 앞에서 잔치를 벌였지만, 결국 마주치지 못했다.

**11월 29일_ "이젠 뭔가 보여줄 수밖에 없다!" 세계 공황 카운트다운 집회.**

주가가 폭락한 상황에서 짓궂게 뒤숭숭한 분위기를 더 띄워주기 위해 잔치를 개최하다. 장소는 신주쿠 남쪽 출구.

**12월 24일_ 크리스마스 분쇄 집회.**

**12월 31일_ 신주쿠 역 앞 새해 대충격 집회.**

새해를 맞이하는 카운트다운 소동에 편승하여 큰 파티를 열었고 그 참에 군중을 선동했다.

## 2003년 28~29세

**6월 27일_ 신주쿠·SL광장 찌개 집회.**

지나가던 샐러리맨이 확성기를 들고 사장 욕을 했는데, 정말 박력 있었다.

**8월 2일_ 오사카·도톤보리(道頓堀)★ 찌개 집회.**

★ 도톤보리: 오사카 시 중앙 구에 위치한 거리로 극장, 음식점이 즐비하다. 에도 초기에 운행한 운하 도톤보리 강 남쪽을 따라 늘어서 있다.

에비스바시(戎橋)에서 거리 잔치를 결행! 얼간이 간사이(關西) 사람들이 모여 도톤보리로 달려와서 경찰이 화를 냈다.

**9월 26일_** 벳푸 노보루(別府昇, 급료를 지불하라고 회사로 쳐들어가 자폭하여 죽은 나고야의 성질 급한 남자)의 장례식. 너무나 충격을 준 남자였기 때문에 죽음을 애도하여 신주쿠 알타 앞에서 멋대로 장례식을 치렀다. 하지만 결국은 늘 그렇듯이 거리 잔치가 되어버린다.

**12월 24일_ 크리스마스 분쇄! 롯폰기 힐스 찌개 집회.**

수백 명의 경관에게 쫓겨 뿔뿔이 흩어지다.

12월 27일_ '가난뱅이가 세상에서 설칠 수 있게 하라' 데모.

신주쿠—오쿠보 사이를 비리비리한 가난뱅이가 "부자 놈들, 나와라!" 등을 외치며 데모 행진.

12월 31일_ 신주쿠 알타 앞 카운트다운 소란 집회 & 야마노테선(山手線)★ 차내 집회.

★ 야마노테선: 도쿄를 순환하는 전철 노선.

알타 앞의 카운트다운에 모인 군중을 부채질할 만큼 해놓았다. 그러고는 기세를 몰아 군중을 이끌고 밤새 운전하는 야마노테선의 전철 한 량을 점령하여 잔치를 벌이다.


## 2004년 29~30세

12월 24일_ 제1회 바람맞히기 데모.

"상업주의에 물든 크리스마스 분쇄 데모/참가자는 수백 명"이라고 데모 신청을 해놓고 모두들 사정이 생겼다는 이유로 거의 나가지 않았다. 대기하고 있던 기동대 수백 명이 심심해서 몸을 뒤틀다.→경찰한테 무지 혼남.

12월 31일_ 제2회 바람맞히기 데모.

이번에는 "반정부 데모/참가자는 수백 명"이라고 신청. 사전에 경찰이 "너희들, 요전에는 바람을 맞혀놓고 이번에는 총력을 기울여 데모를 하려는 줄 다 알아" 하고 말했다. 하지만 당일 '아무래도 기분이 내키지 않아서…'라는 이유로 거의 나가지 않다. 기동대가 수백 명 출동하다. 경찰이 격노하다.

**4월_** 기타나카 거리의 주인=오가사하라 게이타(小笠原瓊太)가 인터넷 라디오 '아마추어의 반란'을 개국하다.

**5월_** 친구인 야마시타 히카루와 고엔지 기타나카 거리에 헌옷 및 재활용 가게 '아마추어의 반란 1호점' 개점. 바닥은 인공 잔디로, 가게 안쪽은 라디오 스튜디오 겸 술집으로 꾸민 황당한 가게.

**6월_** 근처에 비어 있는 채소 가게를 빌려 야마시타 히카루가 2호점 개점. 사례금 없이 월세 6만 엔이라는 경이적으로 싼 값.

**7월_** 근처의 중국인 마사지 업소가 가게 간판 좀 써달라고 부탁하기에 멋대로 '아마추어의 반란 3호점 ○×마사지'라고 써주다(3호점의 탄생). 여기 주인 양반은 중국인인데 직함이 철학박사 겸 의사로 오기쿠보에서 미국인을 모아 태극권을 가르치며 생활하고 있다. "나는 기공으로 사람을 날려버릴 수 있다"고 호언장담하지만 너무 위험하다는 이유로 한 번도 보여준 적이 없지만….

**8월_** 1호점을 폐점하는 동시에 재활용 가게의 가점포 4호점을 개점. 여기는 월세가 1만 엔밖에 안 된다!

**8월 20일_** 방치 자전거의 철거를 반대하는 '내 자전거 돌려줘 데모'. 2톤 트럭 위에 밴드를 태우는 등 기상천외한 데모를 펼쳤다. 고엔지-나카노 구간을 완전히 혼란 속에 빠뜨리다.

**9월 23일_** 이웃의 화장품 가게가 폐업했다고 해서 그곳을 빌려 재활용 가게를 부활시키다. 5호점 대(!)개점.

**9월 23일~29일_** 4호점이 5호점으로 이전하여 가게가 비었으므로 그곳을 활용하여 1주일 동안 술집 영업을 전개!(4.5호점)

**12월 24일_ 고엔지 역 앞 크리스마스 분쇄 집회.**

초대형 찌개 집회를 결행! 우선 역 앞에서 패미컴을 귀청이 찢어지게 틀어놓다.


## 2006년 31~32세

**2월_ 3인 데모.**

우리가 얼마나 경찰에 충성을 맹세하는지 보여주는 데모. 윗분에게 일체 대드는 일 없이 거리를 천천히 걷다.

**3월 18일_ PSE법 반대 데모.**

**3월 25일_ PSE법 반대 신주쿠 역 앞 대집회!**

**3월_** 2호점 주인 야마시타 히카루가 벼룩시장에서 알게 된 혼다 씨가 마침 기타나카 거리에 놀러 와서 자기도 가게를 하고 싶다고 해서 6호점(헌옷) 개점.

**4월_** 2호점이 개축 공사 착공을 위해 폐점. 가까운 아즈마 거리 상점가에 일시 피난(7호점).

**4월_** 5호점의 매상이 떨어지기 시작하여 매달 적자라는 경영 위기에 돌입! 거기서 무모하게 전 재산을 탈탈 털어 경영 확대! 5호점과 맞은편에 위치하여 대형 가구와 가전제품을 전문적으로 취급하는 무인판매소=8호점 개점. 어떻게 돌아가긴 돌아갔다.

**6월 9일_** 근처의 코미디언 '도둑고양이'가 '아마추어의 반란' 최초의 음식점 '아마추어의 반란 세피아(9호점)'를 개업.

**6월 중순_** 9호점 세피아가 낮 시간에 비어 있어 아마추어 카페를 주간부에 개점. 카페 주인은 PSE 데모 때 우연히 놀러 온 '아이콘'이라는 이름의 여자. 평일 대낮에 따분해서 몸이 쑤시는 패거리가 모이기 시작하다.

**9월_ 월세 공짜를 위한 데모 봉기.**

사운드 시스템을 실은 자동차를 앞세우고 가마, 이동 마루 등이 뒤를 이어 나카노-고엔지 사이를 시끌벅적한 공간으로 바꾸어놓다.

**10월 15일_ 10호점 시라인프리(シラインプリ) 개점.**

아즈마 거리로 옮겼던 야마시타 히카루의 헌옷 가게가 기타나카 거리로 돌아오다. 아즈마 거리의 7호점은 야마시타와 함께 가게 일을 하던 노부 군이 가게 이름을 'GON' 이라고 바꾸어 헌옷 가게를 계속하다.


## 2007년 32~33세

**1월 1일_ 돈 벌기 대작전.** 겨울의 매상 부진을 한방에 역전시키고자 5호점의 회전 자금 50만 엔을 모두 투입하여 섣달그믐 날 심야부터 점원이 총출동하여 빅 카메라의 복주머니*를 구입하다. 실로 사느냐 죽느냐 하

★ 빅 카메라의 복주머니: 빅 카메라는 대표적인 전자제품의 종합 판매점. 정월 초하루에 백화점 등에서 그해 첫 매상을 올리는 특별 상품으로 복주머니에 여러 상품을 넣어 파는데, 대개 상품 내용은 공개하지 않는다.

는 운명을 건 싸움이었지만, 완전히 실패하여 자금이 45만 엔으로 줄어들다.

**3월 7일_ 돈 없는 심심한 사람이 소란을 피우기 위한 작전 회의 1부.**

9호점 세피아에서 나리타 게이유(成田圭祐) 씨, 이루코몬즈 씨와 함께 토크 이벤트.

**3월 21일_ 11호점 노점상 가게 개점.**

드디어 이웃한 아사가야 역에 진출. 업종은 재활용 가게. 가게 이름의 유래는 우연히 이 가게의 간판을 주웠기 때문에….

**3월 30일_ 돈 없는 심심한 사람이 소란을 피우기 위한 작전 회의 2부.**

근처의 카페 인디언서머(Indian Summer)에서 제2탄 이벤트를 개최. DJ와 라이브도 집어넣어 초반부터 불온한 공기가 떠돌기 시작하다.

**4월 15일~21일_** 통일 지방선거, 스기나미 구의회의원 선거 활동 기간.

허구한 날, 고엔지 역 앞에서 혼란스러운 축제를 벌이다.

**4월 22일_** 투표일. 1,061표를 얻어 대참패.

**5월_** 기타나카 거리 상점가의 임원이 되다.

**6월_** 치쿠마쇼보의 이구치 씨가 책을 내보지 않겠느냐고 무모한 얘기를 꺼내러 찾아오다.

**9월_** 다큐멘터리 영화 〈아마추어의 반란〉(나카무라 유키 감독) 완성.

16, 17일에 이이다바시(飯田橋)와 신주쿠에서 상영.

**10월_** 나고야 원정. 나고야 중심부 번화한 거리에서 술판을 벌이다.

**11월 10일_** 오사카 신세계 찌개 집회. 쓰텐카쿠(通天閣) 아래에서 찌개 집회를 결행! 과연 신세계답게 시원시원하고 신명을 아는 곳이었다. 근처 우동집은 주방을 빌려주었고 주변 사람들이 와자하게 몰려들어 대성황을 이루었다.

**11월 11일_** 오사카 상영회. 신세계의 BAR에서 영화 〈아마추어의 반란〉 상영.

**11월 17일_** 삿포로 상영회. 삿포로 시내의 이벤트 공간인 ATTIC에서 상영.

**12월_** 독일 상륙 작전.

함부르크, 쾰른, 레버쿠젠, 프라이부르크, 베를린 등 다섯 도시에서 총 6회에 걸쳐 〈아마추어의 반란〉 상영 이벤트 개최. 그 참에 베를린 등지에서 데모에 참가. 화염병이나 폭죽, 돌, 페인트볼, 최루탄 등이 날아다니

는 혼란의 극치. 데모할 때 경찰한테 쫓겨 다니며 얻어맞는 등 혼쭐이
나다. 독일 경찰은 무지 세다.

**12월 24일_ 크리스마스 분쇄 집회.**

신주쿠 동쪽 출구 광장에서 찌개 집회. 독일의 데모 장면 등 크리스마스
와는 어울리지 않는 영상을 내보냈다.


## 2008년 33~34세

**2월_ 12호점 개점.**

영화나 토크 이벤트 등 여러 가지 일을 벌일 수 있는 다목적 공간이 기
타나카 거리에 등장하다.

**5월 1일_ '아마추어의 반란' 메이데이 데모.**

**5월 16일_ 시모키타자와(下北沢) 얼간이 집회.**

**6월 12일_ 본서 간행.**

추천: 마쓰오 반나이(탤런트), 미야자와 아키오(극작가), ECD(래퍼)

아마미야 가린: "최근 10년 동안 가장 속 시원한 글"

마쓰오 반나이: "(아마추어의 반란 5호점에) 꽁무니를 따라 줄줄 들어오는
구나"

미야자와 아키오: "3인 데모? 기막힌 작전이야"

ECD: "돈 안 벌 거지룽! 쓰지도 않을 거지룽!"


(이하 예정)

**본서의 출판 기념 이벤트.**

**6월 21일_** 현대미술극작소(구로다 구) 주최. 영화 〈아마추어의 반란〉 상

영과 좌담.

**6월 24일_** 밤. 신주쿠의 네이키드 로프트(Naked Loft)에서 토크 이벤트.

타코세(제4장 참조)에서도 이벤트 예정.

**7월 28일부터 니시(西)일본 투어.**

나고야, 오사카, 마쓰야마, 히로시마, 기타큐슈, 후쿠오카, 구마모토에

서 개최 예정.

**8월 2일_** 16시부터 MONK(마쓰야마 시)에서.

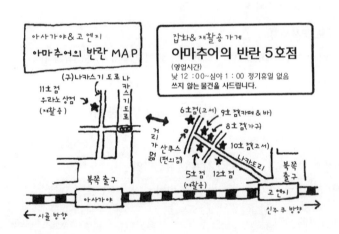

**'아마추어의 반란' 5호점**
도쿄 도 스기나미 구 고엔지 北 3-9-11
전화: 03-3330-2939
영업시간: 12시경~심야 1시
홈페이지: http://trio4.nobody.jp/keita/

**'가난뱅이 파이트클럽'**
이메일 매거진 구독 등록
http://www.shirouto.org/bfc/touroku/

꽤 쌀쌀해 보이는 겨울날, 사람들이 붐비는 번화가 한복판에서 한 무리의 젊은이들이 숯불을 피우고 석쇠에 꽁치를 굽는다. 안정감 없이 흔들리는 카메라는 곁눈질하는 행인, 집어치우라고 종용하는 경찰, 그리고 꽁치를 뒤집으랴 경찰과 대거리하랴 분주한 한 젊은이의 모습을 따라잡기에 바쁘다.

화제의 장본인은 마쓰모토 하지메, 시끌벅적한 난장판은 일본의 최대 번화가 롯폰기 힐스에서 벌어진 크리스마스 분쇄 투쟁이라고 했다. 뭐? 크리스마스를 분쇄한다고? 고것 참… 텔레비전 프로그램 〈아시아투데이〉를 보다가 우연히 발견한 다큐멘터리 영화 〈아마추어의 반란〉과 저서 『가난뱅이의 역습』은 순식간에 내 눈길을 사로잡았다.★

★ 사족이지만, 크리스마스가 휴일이 아닌 일본과 달리 크리스마스를 국가의 공식 휴일로 정한 한국에서는 이러한 크리스마스 분쇄 투쟁은 자연스럽게 국가에 대한 저항으로 번지게 된다.

그런데 경제 대국 일본에 '가난뱅이'가 웬 말일까? IMF시대 이후 한국에서도 이제는 노숙자라는 집단이 친근해졌지만, 처음 도쿄 신주쿠 역에서 일군의 호브레스(노숙자)와 마주쳤을 때는 눈이 휘둥그레질 만큼 충격을 받았다.

전쟁에 패한 1945년 당시, 일본은 오늘날 상상할 수 없을 정도로 가난한 나라였다. 세계 최초로 원자폭탄이 투하되었을 뿐 아니라 수도 도쿄를 비롯한 대도시도 공습으로 대거 파괴당한 상태였다. 그러나 반세기만에 사태는 일변하여 일본은 고도경제성장을 이루어 경제 대국으로 우뚝 올라섰다.* 폭넓은 중산층을 자랑하는 선진국 일본에서 서민들은

★ 일본이 운 좋게도 경제 대국이 될 수 있었던 원인을 알고 싶다면 역사를 공부해야 한다.

빠듯해 보이면서도 내실 있는 안정과 풍요를 구가하는 것처럼 보였다.

그러나 오늘날 일본은 격차 사회라는 심각한 문제에 봉착해 있다. 가진 놈은 더욱 부자가 되고 못 가진 놈은 점점 더 가난해지면서 불평등이 심화되고 있는 것이다. 일하고 싶은 의욕도 있고 사회적 노동에 종사하고 있음에도 최저 수준의 생활도 영위할 수 없는 워킹 푸어가 절망의 비명도 못 지르고 스스로 목숨을 버리고 있다. 젊은이들은 안정된 직장을 구하지 못하고 니트, 파견사원, 아르바이트, 프리터 등 온갖 비정규직에 내몰리며 착취에 시달리고 있다. 일본의 '가난뱅이'들이 들고 일어나는 것도 지극히 당연한 일이다.

가난뱅이란 누구인가? 단지 못사는 사람들인가? 아니면 마르크스가 해방의 계급으로 묘사한 프롤레타리아트인가? 사회를 향해 불평하고 시위하는 이 집단의 정체는 무엇인가?

극우 편향의 정치 행동을 제외하면 어쩐지 현대 일본 사회의 이미지는 정치와 거리가 멀어 보인다. 그러나 패전국 일본에서는 미국이 주도하는 전후민주주의라는 이념 아래 새로운 민주주의 국가를 건설하려는 움직임이 활발했다. 특히 파시즘에 협력하지 않은 비전향 공산주의자는 말할 것도 없고, 전시 체제에 저항적이었던 비판적 좌파 지식인의 목소리가 높았다. 공산당도 합법화되었다.

일본 사회가 경험한 가장 획기적인 사회운동은 아마도 1960년 자민당이 단독으로 미일상호방위조약을 승인한 데 반대한 안보투쟁일 것이다. 1960년대를 풍미한 안보투쟁은, 한편으로 고도경제성장의 실현에 따라 사회개혁을 향한 관심이 둔화되면서 변혁적 성격을 잃어갔으며, 다른 한편으로 비행기를 납치하거나 살인과 폭력을 행사하는 등 과격한 행위로 대중적 지지 기반을 잃어간다. 이 같은 사회운동의 실패와 변질이 오늘날 일본 사회의 보수성, 폐쇄성으로 이어졌으리라는 것은 쉽게 짐작할 수 있다.

마찬가지로 종군위안부를 지원하는 모임을 비롯하여 세간의 주목을 받곤 하는 일본의 시민운동은 전후민주주의와 안보투쟁의 흐름을 이어받은 것이다. 지방자치의 발달과 더불어 '풀뿌리'라는 은유에 걸맞은 개혁운동이 현재 일본 사회의 건강함을 지탱하고 있다고도 볼 수 있다. 고엔지라는 도쿄의 변두리 지역을 중심으로 돈이 없어도 즐겁게 지낼 수 있다든지, 하기에 따라서는 얼마든지 재미있고 신나게 투쟁할 수 있다고 주장하는 마쓰모토 하지메 역시 위와 비슷한 흐름 속에 놓여 있다. 다소 시끌벅적한 그의 활약상을 전해 들으면서, 21세기 신자유주의 시대를 맞이하여 '가난뱅이'를 중심으로 일어나는 새로운 삶-운동의 이미지를 떠올린다면 지나친 일일까. 나아가 가난과 궁상스러움을 자기 나라, 자기 지역, 자기 가족이라는 편협한 틀 안에 가두지 않고, 국민국가의 틀을 넘어 국경을 초월한 연대를 향해 나아가게 하는 몸짓에서 세계화 시대에 나아가야 할 방향을 읽어내는 것이 무리일까.

촛불 데모가 보여준 시위 문화의 가능성과 찌개 투쟁, 갈고등어 투쟁, 가마 투쟁 등을 나란히 놓는 데 거부감을 느끼는 사람도 분명히 있을 것이다. 노상에서 꽁치나 굽는 주제에 '혁명 후의 세계'니 '해방구'니 과격한 용어를 늘어놓는 데 대해 얼굴을 붉히는 사람도 있을 수 있다. 그러나 진지하고 중후한 뜻을 품었다고 해서 형식과 표현까지 내내 딱딱함과 엄숙함 일변도로 끌고 나가란 법이 있을까. 자발적인 참여도가 높으면 높을수록 참가자들이 신명과 즐거움을 흠뻑 누릴 수 있는 방향으로 이끌어가는 것이 좋지 않을까.

역습을 꿈꾸고 감행하는 가난뱅이들, 가난뱅이라고 손가락질하는 사람들을 도리어 비웃는 씩씩한 가난뱅이들, 자신만만하고 당당하게 자신의 길을 개척하는 가난뱅이들은 말할 수 없이 매력적으로 다가왔다. 그래서 이 책을 한국어로 옮겨보았다. 솔직히 고백하건대, 나는 애고 어른이고 까부는 것이 딱 질색이다. 하지만 이 책을 통해 까부는 것도 하나의 절실한 표현이며 전략적 무기가 될 수 있다는 것을 인정하게 되었다.


2009. 3. 27. 행당산 꼭대기 연구실에서

# 한국 너드들에게 보내는 유쾌한 보고서

**우석훈** (연세대 문화인류학과 강사)


나는 마쓰모토 하지메는 아직 만나 본 적이 없지만, 그의 책 『가난뱅이의 역습』의 후반 대담자로 나온 아마미야 가린은 좀 아는 편이다. 가린은 나에게 강렬한 인상을 남겼는데, 내가 한국에 등장하기를 기대하는 영웅은 흡사 가린 같은 사람이다. 그녀는 극우파 계열의 펑크록 그룹 여성 싱어에서 빈곤 문제에 관심을 기울이는 좌파로 전향한 20대 르포 작가로 한국의 20대 문제를 취재하러 여의도에 있는 출판사 '레디앙'에 나를 인터뷰하러 온 적이 있다. 첫인상은 한국에서는 전혀 만나볼 수 없는, 만화책에서 튀어나온 캐릭터 같았다. 그때는 내가 얼마나 대단한 사람을 만났는지 몰랐다. 어쨌든 그 후로 나는 그녀가 편집위원으로 있는 일본의 시사 잡지 『주간 금요일』 인터뷰를 비롯해서 몇 가지 일을 그녀와 하게 되었다. 올해 초에는 일본에서 가린의 친구들을 만났는데, 금년 1월 1일 NHK 등 공중파에 방송되면서 일본을 뒤흔들었던 '파견 마을'★

★ 파견 마을: 2008년 12월 31일부터 2009년 1월 9일까지 10일이라는 기간을 정해두고 진행된 프로젝트. '파견마을실행위원회'가 중심이 되어 파견직, 기간공 등으로 일하다 해고되어 일자리도, 살 곳도 없는 비정규직 노동자들을 '파견 마을'(도쿄 도심의 히비야 공원에 마련) 주민으로 받고, 정부에 이들 노동자의 '의식주 확보' '상담창구 설치' '파견직 또는 기간공 한정'을 인정하는 긴급 특별입법안 등의 6가지 사항을 요구한 운동.

이라는 노숙 행사를 기획한, 말하자면 '빈곤운동'의 선수들이었다. 결국 일본판 『88만원 세대』 커버에는 아마미야 가린이, 나는 한국에서 곧

출간될 그녀의 책에 추천사를 써주게 되었다. 그야말로 서로 추천하는 관계인 셈이다.

이런 인연으로 마쓰모토 하지메의 그 유명하다는 『가난뱅이의 역습』을 읽게 되었는데, 초록정치연대에서 녹색당을 만들기 위해 활동하던 시절, 내 주변에 가득하던 20대 아나키스트들과 '날라리 축제주의자들' 그리고 하루라도 놀지 않으면 입안에 가시가 돋친다고 하던 젊은 반항아 그룹을 떠올리게 되었다. 한국에도 자발적 가난에서 적극적 가난 혹은 '무조건 붕괴'를 외친 무정부주의자들이 있었다. 그러나 그들은 무언가에 짓눌려 있었고 울분은 가득했지만 정작 사회적으로 아무것도 할 수 없었다. 그들과 했던 일 중에서 가장 기억에 남는 것은 이라크 파병이 결정되었을 당시 여당이던 열린우리당의 영등포 당사 앞에서 '열린 노래방'을 열었던 일이다. 몇 안 되는 사람이 4일 연속으로 노래를 불렀던 것 같은데, 릴레이로 한 명씩 작은 단상에 올라가서 반주 없이, 혹은 기타를 치면서 노래를 불렀다. 나도 몇 곡 불렀는데, 휑한 대낮에 수십 명은 될 듯한 전경들 앞에서 3~4명이 앉아 기타 치면서 노래 부르는 일은 전두환 시절에도 없었을 것이다.

그때 왜 우리는 그렇게 주눅이 들어 있었고, 아무것도 공개적으로 하지 못했고, 자신의 이야기를 직접 꺼내지 못했을까? 그 시절 같이 노래를 불렀던 사람들 중 일부는 전직 시의원이었고, 그 중 몇 명은 풀뿌리 민주주의 실현이라는 뜻을 품고 2006년 지자체 선거에 나가 시의원에 당선되기도 하였다. 그러나 사회적으로는 아무 일도 벌어지지 않았다.

마쓰모토 하지메의 요절복통 사연들은 지난 10년 동안 정말 내가 해보고 싶었던, 일종의 '찌질이들의 해방구'의 구현이었고, 그 일 하나하나가 성공 혹은 실패한 사연을 읽으면서 "아, 그때 이걸 했어야 하는데…" 하고 뒤늦은 후회를 했다. 어쨌든 우리의 10년은 그렇게 지나갔고, 열린우리당 당사 앞에서 '열린 노래방'을 했던 그 시절 동료들은 이제 어디론가 뿔뿔이 흩어졌으며, 세상은 자그마한 반란도 허용하지 않는 그런 무서운 시절로 되돌아갔다.

그리고 나는 우여곡절 끝에 다시 대학으로 돌아가 학생들을 가르치는 틈틈이 학생들과 '유치한 짓거리'들을 계속 해보는 중이다.

내가 살펴본 대학생들 대부분 그리고 20대들은 정말로 가난뱅이들이다. 일본과 다른 점은, 결혼하는 날 혹은 결혼한 이후까지도 부모들의 경제적 후원을 받으면서 끝까지 미성숙을 고수하는 경향이 있다는 점이지만, 실제로 모든 청년들이 이렇게 든든한 후원자를 가지고 있는 것은 아니다. 얼마 전에 모 방송국과 작은 프로그램 하나를 같이 만들면서 '대학생 노숙자'의 실체를 고민한 적이 있는데, 2009년 경제위기와 함께 정말로 대학생 노숙자가 생겨났다.

한국의 대학생들을 표현한다면, 착하고 얌전하고 공부는 열심히 하지만 세상 물정 모르는 '너드'(nerd)들이라고 할 수 있을 것 같다. 대기업에 가고 싶어 하는 너드, 공무원이 되고 싶어 하는 너드, 그리고 아직 뭐가 되고 싶은지 잘 모르는 너드 등 몇 종류의 전형적인 너드들이 있지만, 어쨌든 그들 모두 정말 열심히 공부하면서 자기가 좋아하는 것에 집착한다. 하지만 유심히 살펴보면 특별히 잘 하는 것도 없어 보인다. 남에게는 별 관심 없고 자기만 잘 하면 된다고 굳게 믿으려 하지만, 사실 그런 믿음이 스스로도 잘 생기지 않는지 마음이 굉장히 허한, 약간씩은 애정 결핍증이 있어 보이는 너드들. 원래 너드들이 그렇다.

이런 한국의 대학생 너드들에게 마쓰모토 하지메의 요절복통 '전복 일대기'를 읽어보라고 권하고 싶다. 이들과 한국 대학생의 형편은 거의 같다. 20대의 형편도 거의 같다. 다른 점이라면, 시간당 아르바이트 임금이 일본의 5분의 1이라는 점, 어른들의 시선이 싸늘하다는 점, 유머라고는 찾아볼 수 없는 경찰을 상대해야 한다는 점, 그리고 일본에 비해 집회의 자유가 황당할 정도로 제약되어 있다는 점 등을 들 수 있다.

  아마 뭔가 뜨거운 게 가슴을 파고들지도 모르고, 한 번도 생각해보지 못한 전복과 반란의 기운을 느낄지도 모른다. 그래도 이건 "선진국 일본 얘기야" 하고 금세 책을 덮을 것 같기도 하다. 물론 지금의 한국 상황은 그렇다. 그러나 내년이나 내후년에도 '아마추어의 반란'이 전혀 없을 것 같지는 않다. 사람이라는 게, 원래 너무 몰리다 보면 덤비기 마련이다. 『자본론』 몰라도 좋고, 이념 몰라도 좋고, 사상 몰라도 좋다. 가난한 자들이 부자들에게 덤비는 게 원래 세상의 이치다.

  한국의 너드들에게 『가난뱅이의 역습』은 유쾌한 보고서가 될 것 같다. 지방 선거에 20대가 대거 출마하면서 동네 너드들과 벌이는 통쾌한 춤판의 해방구, 이런 건 상상만으로도 즐겁다.